KB058410

팍스 2, 집으로 가는 길

팍스 2

PAX, Journey Home

집으로 가는 길

사라 페니패커 지음 | 존 클라센 그림 | 김선희 옮김

arte

여우를 너무나 잘 돌봐준

도나 브레이에게,

이 책을 바친다.

−사라 페니패커

팍스는 달렸다.

마지막으로 동물 우리에서 지냈던 날 이후로 거의 1년 내내 달렸다. 근육은 여전히 그 철조망 동물 우리를 기억하고 있다.

그렇지만 오늘 아침 달리기는 뭔가 달랐다. 오늘 아침에는 단단하게 굳은 숲길에서, 소나무 그늘 깊은 곳에 남아있는 눈 밑에서, 웅덩이를 꽁꽁 묶어둔 얼음덩이 아래에서 냄새가 피어올랐다. 봄이다. 새로운 생명이 피어났다. 나무껍질, 꽃봉오리 그리고 동물들의 토굴에서 모든 게 계속 피어나는 봄이다.

그러다 문득 발을 멈추었다. 토끼다.

요사이 브리스틀은 늘 배고파했다.

팍스는 그 냄새를 쫓아가서 토끼 굴을 찾아냈다. 고작 몇 시간 전에 버려진 것 같은 토끼 굴 안에는 죽은 새끼 두 마리만 있었다. 한 마리는 죽은 지 벌써 여러 날 됐고, 한 마리는 전날 밤에 죽었다.

죽은 지 얼마 안 된 먹이를 세 번째로 찾아냈다. 들판에 사는 생쥐 토굴을 첫 번째로 찾아냈지만, 이미 엉망진창으로 변해버린 뒤였다. 가장 신선한 놈으로 골라 보금자리로 가져갔지만, 브리스틀은 역겹다며 주둥이를 찡그렸다.

두 번째 찾은 건 다람쥐 둥지였다. 하지만 브리스틀은 죽은 새끼 다람쥐도 먹으려 하지 않았다.

그래서 팍스도 굳이 그 토끼를 건드리지 않았다. 갑자기 피곤이 몰려와 자신과 브리스틀 그리고 런트가 터를 잡고 있는 그 데저티드팜(Deserted Farm)으로 방향을 틀었다. 브리스틀의 남동생 런트가 다리를 잃은 곳을 떠나서 터를 잡은 보금자리였다.

브리스틀은 보이지 않지만 분명 근처에 있었다. 팍스는 브리스틀의 흔적을 따라서 낡은 헛간으로 갔다. 헛간 계단 아래 땅이 파여 있고 새로이 파낸 흙이 여기저기 흩어져 있었다. 팍스는 브리스틀 냄새를 좇아 안으로 들어갔다.

브리스틀은 새로 파낸 굴 안쪽에서 털 여기저기에 모래를 묻힌 채 웅크리고 있었다. 졸음에 겨운 한쪽 눈을 뜨고 자기 짝을 쳐다보더니 이내 앞발 위에 고개를 내려놓았다.

팍스는 당황스러웠다. 아침 공기는 이미 훈훈해지고 폭풍이 올 기미도 없었다. 더욱 혼란스럽게도 이 굴에서는 팍스가 한 번

도 맡아본 적 없는 냄새가 났는데 왠지 친근했다. 브리스틀한테
서 풍겨 나왔지만 브리스틀의 냄새는 아니었다.

팍스는 브리스틀의 목을 툭 건드리며 공기 냄새를 맡았느냐고
물었다.

"새로운 냄새 안 나?"

"알아, 새로운 냄새야. 우리 냄새."

팍스는 여전히 무슨 뜻인지 이해할 수 없었다.

브리스틀은 등을 펴고 둥근 배를 내밀었다.

"곧 새끼가 나올 거야."

이윽고 브리스틀은 다시 깨끗한 모래 속으로 몸을 말았다.

팍스는 브리스틀이 잠들 때까지 숨 쉬는 모습을 하나하나 지
켜보았다.

팍스는 굴에서 물러나와 캐갱 울부짖었다.

그러고 나서 달렸다. 이번에는 뛰지 않으면 가슴이 터질 것
같아서 무작정 달렸다.

2

피터는 바닥 판자에 몸을 웅크리고는 툭 튀어나온 가장자리를 줄곧 다듬었다. 볼라 아주머니가 그만하면 평평하다고 했기에 사포질을 시작했다. 하지만 바닥 마감을 마치고 나니 그저 평평한 게 아니라 아주 완벽했으면 싶었다.

피터는 대패 날을 맞추어서 칼날이 베니어판을 종잇장만큼 얇게 밀어내도록 조정했다. 한 번에 두껍게 잘라낼 수도 있지만 한 겹, 한 겹 깎는 게 더 낫다.

피터는 대패질이 좋았다. 아마도 이 오두막을 지을 때 배운 최고의 기술일 거다. 대패는 스크루드라이버와 다르게 정말이지 근육을 사용하는 연장이다. 몸 전체로 대패를 사용해야 했다. 아이가 아니라 어른이 쓰는 연장이었다.

피터는 나무판자 가장자리 위에 자세를 잡고는 오른손으로 손잡이를 감싼 채 체중을 실어 왼쪽으로 대패를 밀기 시작했다. 이웃집 헛간에서 가져온 백 년 묵은 누런 소나무가 곧게 밀려 나가자 새로 잘린 나무 냄새가 났다. 나무는 언제든 다시 깎을 수가 있어서 좋았다. 그리고…….

갑자기 대패가 옹이에 걸렸다. 대패를 밀던 손이 그 옹이에서 미끄러지며 손바닥이 까졌다.

피터는 휙 물러서며 욕을 내뱉었다. 언제쯤이면 제대로 알게 될까? 그런 게 옹이였다. 표면 아래 몰래 숨어있는 것. 피가 차오르더니 손목으로 흘러내리기 시작했다. 이 말이 떠올랐다. 피와 땀. 이 오두막 여기저기에 땀을 몇 바가지나 흘렸다. 피도 여기저기 뿌렸다. 판자에 상처를 꾹 누르고 새어 나오는 피를 지켜보았다. 퍼지는 얼룩이 마치 여우 꼬리처럼 보였다.

정말이지 기억이란 놈은 어찌나 강한지. 얼핏 떠오르는 기억에 깜짝 놀라 손을 후다닥 뒤로 빼냈다. 작년, 자신이 아끼던 여우 팍스를 억지로 버려야 했던 곳으로 돌아가는 길에 종아리를 칼로 그었다. 그렇게 종아리에 살짝 표시를 하며 여우 꼬리와 피의 맹세를 했다. 너한테 돌아갈 거야, 맹세할게.

피터는 손바닥 상처를 가슴 한가운데에 꾹 눌렀다. 기억은 무척이나 변덕스러웠다. 늘 가슴 아래 숨어있다가 방심하고 있을 때 칼날을 들고 갑작스레 공격했다.

이 공격에 대항하려면 뭘 해야 하는지 피터는 알았다. 사실,

그건 피터가 생각해 낸 속죄의 방법이었다. 이렇게 실수를 저지르고 나서 팍스를 생각할 때면 똑같은 연습을 거쳤다. 지금 바로 할 수 있는 최선을 다하는 것이다.

피터는 눈을 감았다. 길가에서 죽은 암컷 여우를 찾아냈던 오후를 떠올려 보았다. 발걸음 하나하나 전부 다 자세히 살펴보았다. 딱딱하게 굳은 진흙투성이 사체를 들고 파묻을 장소를 찾아다니는데 돌담 벽 옆이 눈에 들어왔다. 그곳에 모래흙을 찾아내 장화로 야트막한 무덤을 팠다.

여우굴 입구를 찾아낸 때를 떠올리자, 언제나 그랬듯 가슴이 옥죄어 왔다. 이제 숨만 쉬어도 아픔이 생생하게 느껴졌다. 그래도 그 현장을 다시 떠올렸다. 죽은 새끼 세 마리 그리고 살아서 벌벌 떠는 녀석 한 마리가 있었다.

피터는 손을 내밀어 그 살아있는 새끼 한 마리를 들어 올렸다. 어린 수컷이었다. 새끼 여우를 품에 감싸 안았다. 그 새끼 여우는 자신이 품고 다니는지조차 알지 못했던 공허함을 꽉 채워주었다.

하지만 이제 속죄를 위해서 다른 장면을 떠올렸다. 아빠는 그것을 피터가 꼭 해야 한다고 말했다.

"녀석은 남은 가족과 함께 죽었어야 했어. 고통을 줄여주는 게 옳은 일이야."

피터는 새끼 여우를 안고 불쑥 화가 나 소리쳤다.

"늦었어요, 내가 이 애를 키울 거예요!"

아빠는 짜증스러워했다. 하지만 그 표정에서 피터는 처음으로 존중을 본 것 같았다.

이제 아빠가 옳았다는 것을 알았다. 자신의 비참한 삶에 팍스를 끌어들이지 말았어야 했다. 그 뒤로 5년 동안 자신과 팍스 모두에게 고통만 불러일으켰을 뿐이다. 그 고통에서 팍스를 벗어나게 해주어야 했었다.

피터는 속죄를 끝냈다. 달라진 건 전혀 없다. 문득, 벽 위에서 묵직한 갓돌 하나를 힘겹게 빼내어 굴 위에 떨어뜨리는 장면을 상상했다. 그러고 나서 곧장 뒤돌아보지 않고 걸어간다.

'그냥 해. 계속 걸어. 돌아보지 마.'

피터는 그 고통을 모두 회피해 왔다.

두 번 더 그 장면을 되돌려 보았다. 뇌를 다시 프로그램하기 위해 세 번 생각했다.

속죄는 효과가 있었다. 팍스 생각을 점점 덜 하게 됐다. 볼라 아줌마의 너구리를 보지 않을 수 있다면, 자신이 동물을 키웠다는 사실을 떠올리지 않고 며칠을 보낼 수 있었다.

피터는 자리에서 일어나 대패를 치웠다. 상처에서 피는 멎었다. 연장은 잠깐 치워둘 수 있겠지만, 기억을 완전히 치워둘 수는 없다.

피터는 구석에서 질긴 천을 꺼냈다. 그 안에는 마른 이끼, 타버린 장작의 재, 진흙 더미가 쌓여 있었다. 거기에 물을 좀 넣고 대충 반죽을 만들었다. 그러고 나서 들통 하나에 흙손을 발라서 북쪽 벽 통나무 사이 빈 곳을 메우기 시작했다.

일하는 내내, 피터는 이 오두막에 대해 감탄해 마지않았다. 지난 9월 학교에 갔다 온 첫날 볼라 아줌마의 식탁에 책을 펼치고는 얼마나 딱한 상황인지 깨달았다. 그 오두막은 아줌마에게는 딱 맞았지만 두 사람이 쓰기에는 너무 비좁았다. 공간이 더 필요했다. 사생활을 지킬 공간도 있어야 한다는 점에 둘 다 동의했다. 피터가 잠을 자고 공부할 곳을 설계하도록 아줌마가 도와주었다. 피터는 침대, 서랍장, 책상하고 의자가 들어갈 만한 아담하고 소박한 공간을 갖고 싶었다.

직접 나무를 가져다가 길이에 맞게 각각 톱질을 하고 치수를 쟀다. 서까래와 기둥을 모두 자르고 지붕을 덮고 타르 칠을 했다. 지난주 고철상에서 창문 세 짝하고 문 한 짝을 찾아내서 할아버지가 매달 보내주는 돈으로 사두었다. 내일 학교 다녀와서 모두 끼워 넣을 것이다.

이웃 사람들이 통나무 올리는 걸 도와주었지만, 그것을 제외하고는 다른 모든 일을 혼자 해냈다. 물론 다 아줌마가 가르쳐주긴 했지만. 그래도 아주 조금만 거들어주었다. 그게 약속이었다. 뭔가를 직접 짓고 싶어 한 피터의 마음을 아줌마는 존중해주었다. 피터는 아줌마가 그래주는 게 좋았다.

피터가 아줌마를 소리쳐 부르기라도 한 것처럼 아줌마가 오솔길을 걸어 내려오는 게 보였다. 아줌마는 불편해 보였다. 도서관에 갈 때 옷을 차려입는 게 여전히 익숙하지 않은 듯 치마를 끌어당겼다.

피터가 아줌마를 위해 문 앞에 놓아둔 콘크리트 벽돌 위에 아줌마가 올라섰다. 의족으로 퍽 잘 돌아다녔지만 높은 계단은 아직 어색했다.

아줌마가 통나무를 톡톡 두드리며 노크했다. 아줌마가 피터의 마음에 드는 또 한 가지 요소다. 아줌마는 피터의 공간을 존중해 준다.

피터는 아직 마무리하지 못한 바닥을 숨기려 방수포를 펼쳐 휙 덮고는 아줌마에게 들어오라고 했다.

"오늘 하루는 어떠셨어요?"

아줌마는 미소를 지었다.

"그 윌리엄 집안 여자애가 나를 완전히 미치게 하더구나. 그래도 그 애, 마리오네트에 감각이 있어. 사서 선생님이 안부 전해 달라더라. 네가 읽고 싶어 하는 나무에 대한 책을 주문했대. 네가 안 읽은 나무 책이 있을까 모르겠지만 말이야. 아, 내가 까먹을 뻔했구나. 누가 게시판에 붙여뒀더라고. 강아지가 있는데 램하고 스패니얼 종이 섞인 거야. 내 생각에는……."

피터의 호흡이 얕아졌다. 피터는 몸을 휙 돌렸다.

"아니요."

이제 다시 팍스가 떠올랐다. 피터가 흙손을 들어 올리고는 말했다.

"저 다시 일해야 해요."

"그저 난 친구가 좀 있으면 어떨까 하는 생각이 들었어. 어쩌면 여기 밖에서 시간을 보내기 시작하면……."

"아니요!"

날카로운 목소리에 피터 자신도 깜짝 놀랐다.

아줌마는 주춤 물러났다.

"알았다. 시기상조지. 너무 이른 거야. 이해한다."

아줌마가 이해했는지 확신이 서지 않았다. 자신도 이해하지 못했으니 말이다. 동물을 키운다고 생각하면 정말이지 숨쉬기가 힘들었다.

아줌마는 알겠다는 듯 미소를 띠었다.

피터는 고개를 끄덕이고는 벽에 진흙 더미를 철썩 발랐다. 아줌마가 얼른 갔으면 했다. 즉시 속죄를 시작해야 했다. 안 그러면 기억이 스멀스멀 뿌리를 내릴 거다. 피터는 통나무를 따라 흙을 부드럽게 펴 발랐다.

아줌마의 미소가 싹 사라졌다.

"어제 말했잖니, 그렇게 잔뜩 꾹꾹 눌러 넣지 말라고."

피터는 샐쭉한 표정을 짓고는 또 한 번 두껍게 발랐다.

"바람이 안 들어오게 하려고요."

"공기하고 빛도 안 들어오라고?"

피터는 통나무 사이의 틈을 꾹 눌러 채웠다.

아줌마는 좀 더 차분한 목소리로 말했다.

"사람은 빛하고 공기가 없으면 죽어."

"알아요. 사람은 추위 때문에도 죽어요."

피터는 고개를 들지도 않고 말했다.

팍스는 천천히 걸었다.

지난주는 포근했었다. 하지만 오늘 밤은 한밤중의 공기에 서리가 비쳤다. 보름달이 팍스를 끌어당겼지만 팍스는 브리스틀한테 더 강하게 끌렸다.

땅거미가 질 무렵, 브리스틀은 출렁이는 배를 안고 헛간 아래 여우굴로 들어갔다. 이리저리 몸을 비틀며 자리를 잡으려는 소리가 들리더니, 이윽고 몸을 둥글게 웅크리는 소리도 들렸다. 브리스틀이 헉헉 힘겹게 숨을 쉬자 팍스는 고개를 쓱 들이밀었다. 하지만 브리스틀이 팍스를 향해 으르렁거렸다.

"들어오지 마, 그냥 근처에 있어."

그때부터 헛간 근처의 땅과 새싹으로 푸릇푸릇한 헛간 앞의 초원을 돌아다녔다. 몇 시간 동안 침입자는 전혀 보이지 않았다. 하지만 이제 귀에 익은 발걸음 소리가 들려왔다.

늦겨울에 뒷다리를 잃고 나서 발 세 개로 어색하게 움직이는 런트였다. 그래도 런트는 사냥을 썩 잘했다. 재빠르지 못한 대신 눈과 귀가 보상을 해준 듯했다. 이윽고 런트가 덤불에서 모습을 드러냈다. 주둥이에 물고 있는 통통한 메추라기를 굴 앞에 툭 떨어뜨려 놓았다.

여우굴 안에서 들리는 그 털썩거리는 소리를 향해 런트가 귀를 쫑긋 세웠다.

미처 런트에게 경고를 해주기도 전에, 런트가 굴속으로 휙 들어갔다. 식식거리는 소리가 들리더니 몇 초 뒤에 런트가 뒤로 주춤주춤 물러나며 낑낑거렸다. 살금살금 움직여 도토리나무 둥치에 멀찌감치 자리를 잡고는 털썩 주저앉았다.

팍스는 런트를 따라가서 런트 옆에 앉았다. 런트는 꼬리를 말아 주둥이를 얹고 눈을 감았다. 하지만 팍스는 경계를 늦추지 않고 굴을 예의 주시했다. 브리스틀이 들어오라고 할 때까지 들어갈 꿈도 꾸지 않을 것이다. 전에 그 날카로운 이빨을 마주한 적이 있었다. 하지만 오늘 밤은 브리스틀을 보호해 주어야겠다는 생각이 들었다.

동이 터서 하늘이 환해지기 시작하자 피 냄새가 대기 중에 둥둥 떠다녔다.

팍스는 굴로 달려갔다.

차가운 공기 속으로 축축한 열기가 피어올랐다. 공기가 실어 오는 피 냄새는 상처나 죽음에서 나오는 게 아니었다. 새로이 고동치는 생명에서 흘러나왔다. 가봐야 할 것 같았다.

팍스는 안으로 뛰어 들어갔다.

브리스틀이 꿈틀거리는 새끼 세 마리를 핥고 있었다. 새끼들은 칙칙하고 미끄덩했다. 새끼들이 앙상한 다리를 쑥 내밀어 댔다. 앙상한 분홍빛 발을 웅크리며 앙증맞은 분홍색 코를 찡그렸다. 그 자그마한 분홍색 귀가 새로운 생명을 품고 씰룩거렸다.

브리스틀이 가르랑거렸다.

"우리 새끼들이야. 무사해."

팍스는 바닥에 앉아 새끼들을 품에 안았다. 그 자그마한 심장이 마치 자신의 심장인 것처럼 뛰었다.

"무사해. 우리 새끼들."

4

"저 결정했어요."

피터의 할아버지는 짜증스러운 듯 툴툴거리며 텔레비전에서 고개를 들어 올렸다.

"결정했다고, 뭘?"

"유골이요. 저걸 가지고 갈 거예요, 할아버지."

노인의 시선이 벽난로 위에 놓인 두꺼운 종이상자를 곧장 쏘아보았다.

피터가 기억하는 한 그 상자는 오랫동안 사진 액자 네 개와 나란히 그곳에 있었다. 첫 번째 사진. 자랑스럽게 군복을 입은 열여덟 살 때의 할아버지가 피터는 한 번도 만난 적 없는 증조할아버지와 함께 현관 계단에서 찍은 사진이었다. 다음 사진.

피터가 어렴풋이 기억하는 할머니와 결혼하는 할아버지 사진이
다. 세 번째는 아기를 환하게 내려다보는 부부 한 쌍의 사진이었
다. 갓난아기는 나중에 피터의 아빠가 된다. 그리고 마지막은 피
터 자신의 사진이다. 할아버지가 한쪽 옆에 서고, 엄마와 아빠
사이에서 정장을 차려입은 귀가 큰 소년이 보인다. 이 네 장의
사진은 있을 법하지 않은 이야기를 언제나 믿게 해주는 듯했다.
할아버지의 삶에 가족이 있었다는 사실을.

　할아버지는 눈을 가늘게 떴다. 유골을 보관하는 일은 할아버
지에게 더 큰 권리가 있다는 사실을 피터는 알았다. 인간의 잔
해를 누가 가져야 하지? 아버지 아니면 아들? 피터는 몸을 곧추
세웠다.

　노인은 낡아빠진 소파를 돌리고는 장화 신은 다리를 꼬았다.
볼륨을 낮추자 게임 프로그램 사회자가 소리 없는 침묵 속에서

사납게 손짓만 해댔다.

"그걸로 뭘 어쩔 셈인데?"

"엄마와 함께 있어야죠. 엄마 무덤에요."

피터는 할아버지 눈을 쳐다보았다. 할아버지 눈을 볼 때마다 늘 기대에 미치지 못하는 자신의 모습이 그 안에 비치는 듯했다. 그래서 평소에는 할아버지 눈을 쳐다보지 않았다.

피터는 눈에 힘을 주었다. 엄마에게 빚이 있었다. 최근 이상하게도 죄책감이 들었다. 마치 피터가 뭔가 하기를 엄마가 원하는데 자신이 실망시킨 것 같은 느낌이 들었다. 엄마 옆에 유골을 가져다 놓아야 했다.

노인은 마치 싸움을 걸 것처럼 입을 움직였다. 그러다 문득 소파 손잡이를 내려다보더니 엄지손톱으로 말라비틀어진 음식 찌꺼기를 긁어냈다. 피터는 자신이 이겼다는 것을 알았다.

할아버지가 말했다.

"좋다. 그래, 언제 갈래?"

"학교가 끝나면 언제든지요. 올해는 좀 이를 거예요. 그래야 아이들이 주니어 워터에 합류할 수⋯⋯."

"안다, 워터 워리어. 웃기는 일이지. 진짜 군대에 들어간 것처럼 의기양양 돌아다니는 잘난 척하는 녀석들."

피터는 그렇게 생각하지 않았다. 훈련하고, 장비를 고치고, 전쟁 중에 피해 입은 곳을 고치는 일이 정확히 옳은 일이라는 볼라 아줌마의 말에 동의했다. 물을 깨끗하게 정화하는 일을 하기 위해 아이들을 모집하는 주니어 워터 워리어 역시 좋은 아이디어처럼 보였다. 그래도 피터는 입술을 깨물었다. 저 유골을 원했으니까.

할아버지는 끙 하며 몸을 들어 올리고는 벽난로로 갔다. 두꺼운 종이상자를 들어 올리지 않고 그 아래 있던 갈색 봉투 하나를 꺼냈다.

"이게 왔어. 너무 오래 걸렸어."

방 저만치서 피터는 군대 표식을 알아보았다.

"아, 군대에서 결론을 내렸군요······."

그러다가 멈칫하고 침을 꼴깍 삼키고는 마저 말했다.

"상황이······."

"그래, 알고 싶니?"

피터는 고개를 끄덕였지만 노인의 표정을 보고는 얼어붙었다. 피터의 아빠는 전쟁터에서 영웅으로 죽지 않았다. 그건 분명했다. 그건 이미 알고 있다. 그렇지 않다면 6개월 동안의 그 큰 수수께끼는 뭐지? 아빠는 기지에서 약 150킬로미터 떨어진 곳에서 적의 박격포에 맞았다. 하지만 그건 이미 다 들은 이야기였다. 마지막 답장을 받지 못했기에 그게 어쩐지 신빙성이 없었다. 그리고 피터는 상관하지 않았다.

"아니요. 알고 싶지 않아요."

"아마 알고 싶을 게다. 그래, 어쩌면 네가 이걸 읽어야 할 거야. 네 아빠가 멍청해서 죽었다니까."

할아버지는 피터에게 다가와 협박하듯 얼굴에 그 봉투를 들이밀었다.

"여기 뭐가 있는지 봐. 직접 교훈을 얻으라고."

피터는 그 봉투를 밀었다.

"아빠는 전쟁터에서 돌아가셨어요. 그게 다예요."

이미 학교에서 모두에게 그렇게 말했다. 그렇게 말하는 것이 어느덧 익숙해졌다. 전쟁터에서는 항상 사람들이 죽는다. 그 밖에 자세한 건 필요 없다.

"좋을 대로 하려무나. 그럼 읽지 말든지. 그래도 이제 내 말을 들어. 다른 녀석들과 너무 가까이 지내지 마라."

"네, 할아버지. 걱정 마세요. 안 그럴게요."

"말랑말랑하게 굴지 마. 알아들어?"

"네, 할아버지, 알았어요."

피터는 벽난로로 걸어가 그 종이상자를 들었다. 상자는 보기보다 무거웠다. 그래도 거구의 인간이 남긴 것이 들어있다고 하기에는 무척 가볍다는 생각이 들었다. 피터는 겨드랑이에 상자를 끼고는 꽉 움켜 안았다. 그러고는 문으로 걸어갔다.

"볼라 아주머니네 집으로 돌아가는 게 좋겠어요. 어두워지고 있어요."

"기다려봐."

피터는 손잡이를 잡고 멈추었다. 어쩌면 할아버지가 유골을 뿌리러 함께 가자고 말할지도 모른다. 그건 괜찮을 거다. 아줌마와 함께 살기로 마음을 정한 뒤로, 할아버지는 피터를 볼 때마다 뭔가 불만스러운 듯 보였다. 어쩌면 이렇게 가는 길에 서로를 더 잘 알아가며 화해할 수도 있었다. 할아버지가 함께 가고 싶다면 좋다고 말할 거다.

하지만 그렇지 않았다. 할아버지는 피터 뒤로 걸어와, 배낭에 뭔가를 슬며시 넣었다.

"이것도 가져가라."

보지도 않았지만, 피터는 그게 봉투라는 것을 알았다. 나중에 그 봉투를 버릴거다. 피터는 손잡이를 돌렸다. 하지만 할아버지의 잔소리는 아직 끝난 게 아니었다.

"사람들은 교묘해. 내내 지켜봐야 해."

"네, 할아버지. 계속 지켜보고 있어요."

피터는 매서운 추위가 몰아치는 밖을 향해 문을 열었다.

팍스는 헛간에서 밖으로 이어진 오솔길 옆의 커다란 바위에 앉았다. 집으로 가져갈 쥐를 바닥에 툭 내려놓았다. 밤새 사냥하느라 힘이 들었다. 등에 닿는 태양이 따뜻했지만 그다지 졸리지는 않았다.

식구들이 밖에 나와 있었다.

브리스틀은 날씨가 좋은 날이면 여우굴 앞의 움푹 파인 모래땅으로 새끼들을 데리고 나왔다. 고작 두어 걸음만 재빨리 뒷걸음치면 안전했다. 하지만 갑자기 매가 불쑥 내려오거나 코요테가 튀어나오기도 했다. 그래도 이곳은 저 아래 농가의 들판이 훤히 보이고 하늘 어느 방향이든 다가오는 위험을 다 볼 수 있었다.

오늘 아침, 봄 공기에는 헛간 지붕을 타고 올라가는 인동, 점점 길을 차지해 가는 클로버, 헛간에 둥지를 튼 제비, 날쌘 다람쥐 등 데저티드팜에 터를 잡은 들짐승들의 익숙한 냄새만 실려 왔다.

이곳은 좋은 보금자리가 되었다. 예전에 지내던 브로드벨리 역시 좋았다. 하지만 전쟁병에 걸린 인간들이 쳐들어와 불을 질러 혼란을 불러왔다. 이 데저티드팜, 그리고 이곳을 둘러싼 폐 농가에서는 인간이 전혀 눈에 띄지 않았기에 훨씬 나았다.

팍스는 몸을 돌려 새끼들을 지켜보았다. 새끼들의 움직이는 모양새에 당황스러웠다. 빈둥빈둥 돌아다니고 느닷없이 쓰러지고 엉뚱한 방향으로 튀었지만, 이상하게도 팍스는 마음이 갔다.

이제 새끼들을 멀리에서도 구별할 수가 있었다.

수컷 중에서 가장 큰 녀석은 마치 새끼 곰처럼 움직였다. 놀이터 주위를 기세 좋게 걷다가 자기 어미에게로 뒤뚱뒤뚱 돌아갔다.

가장 작은 녀석 또한 수컷 여우였다. 겁이 많고, 머뭇머뭇 움직이며, 자그마한 소리나 그림자에도 후다닥 계단 아래로 몸을 숨겼다.

세 번째로 보이는 새끼는 암컷이었는데, 여우굴에서 나오자마자 언제나 모래밭과 새로 난 풀밭으로 곧장 돌진해 나갔다. 그 앙증맞은 암컷 여우는 꼬리를 높이 치켜세우고 귀를 앞으로 쭉 내밀고 다녔다.

이제 팍스는 젖을 먹던 무리에서 빠져 나오는 그 암컷 여우를 지켜보았다. 녀석은 햇빛 속에 눈을 깜빡이며 마치 어떤 냄새를 따라갈지 정하려는 듯 이리저리 코를 킁킁거리다가 마침내 오솔 길 아래로 고개를 향했다.

브리스틀은 자리에서 일어나 딸의 목덜미를 물어 모래밭에 딸을 되돌려 놓고 자리에 앉았다. 즉시, 수컷 여우 두 마리가 어 미를 향해 기어오자 그 어린 암컷 여우는 뒤로 아장아장 물러 났다.

브리스틀이 다시 일어나서 수컷 여우들을 밀치고 암컷 여우 를 데리고 왔다.

팍스는 한 번 더 지켜보았다. 이 앙증맞은 모험가가 길을 따 라 내려가려 새끼들 무리에서 기어 나왔다. 이번에 브리스틀은 따라가지 않았다. 팍스를 향해 흘끗 눈길을 주었는데 팍스는 즉 시 알아차렸다.

팍스는 바위에서 펄쩍 뛰어 내려가 길을 따라 몸을 쭉 뻗어 새끼 여우가 지나갈 때 발을 내밀 채비를 했다.

암컷 새끼 여우는 한 번, 두 번, 세 번 멈추어 지렁이며 도토 리와 떨어지는 깃털을 들여다보았다. 그럴 때마다 1초 후에 고 개를 들고는 다시 길을 따라 아장아장 걸어 내려갔다.

팍스가 기다리고 있던 곳에 도착한 새끼 여우가 걸음을 멈추 었다. 새끼는 고개를 치켜들고는 아비를 잠깐 물끄러미 쳐다보 았다. 그리고 나서 아비의 앞발을 타고 가슴에 난 하얀 털까지 기어 올라갔다.

팍스는 몸을 말아 새끼의 균형을 잡아주었다. 새끼는 마치 평생 그곳을 찾아내려고 애쓰기라도 한 것처럼, 가슴 위에 픽 쓰러지더니 다리 네 개를 쭉 벌리고 금세 잠에 빠져들었다.

팍스는 꼼짝하지 않았다.

가슴 위의 회색빛 털 뭉치는 거의 무게가 느껴지지 않았다. 하지만 옆에 커다란 바윗덩이가 굴러온 것처럼 땅바닥에 박힌 느낌이 들었다.

팍스는 새끼한테 필요한 건 뭐든 다 해주겠다고 다짐한다.

6

볼라 아줌마가 헛간에서 오솔길을 따라 올라오는 모습을 보고, 피터는 한 번 더 오두막을 훑어보았다. 왁스를 세 번 칠하고 완충제를 발라서 소나무 판자에서는 반짝반짝 윤이 흘렀다.

피터는 문을 활짝 열었다. 오후의 햇살이 나무 바닥에 네모 모양으로 쏟아져 들어와 짙은 꿀빛으로 빛나자 자신감이 차올랐다.

볼라 아줌마가 콘크리트 벽돌 문간에서 걸음을 멈추어 기둥을 잡고는 말했다.

"자, 드디어 보여주시는 건가."

마감된 바닥을 보더니 아줌마의 눈이 휘둥그레졌다.

"와……."

이게 전부였다. 하지만 그 말에는 칭찬이 한가득 담겨있었다.

피터는 뒤로 물러났다.

"다 말랐어요. 어서 들어오세요."

집 안에서 아주머니는 이리저리 돌아다니며 피터가 작업해 놓은 것을 살펴보았다. 아줌마가 마음에 들어하는 것 같았다.

아줌마가 문득 무릎을 구부렸다. 좋은 의족을 달았는데도 여전히 뭔가 어색했다. 아줌마는 바닥 이음새 연결 부위를 손가락으로 쓱 훑으며 촉감을 느끼는 것 같았다.

"흠, 청출어람이잖아!"

"무슨 뜻이에요?"

"넌 가장자리를 평평하게 하고 단단히 조였어. 난 그냥 내버려 두거든. 바닥이잖아. 하지만 넌 나뭇결을 맞추었어. 못 구멍을 넓히고 구멍을 메웠어. 진짜 깜짝 놀랐는걸."

피터는 고개를 돌려 웃음기를 숨기려 했지만 그렇게 재빠르지는 못했다.

"아니, 너 자랑스러워해도 돼."

볼라가 피터와 함께 웃으며 말했다.

"충분히 그럴 자격이 있어. 멋진 네 집을 네가 직접 만들었으니까."

피터의 얼굴에서 웃음기가 가셨다.

"이건 제 집이 아니에요."

볼라는 마치 서서 이야기를 해야 할 것처럼 자리에서 일어나 대답했다.

"당연히 네 집이지. 네가 지었잖아. 내가 왜 너한테 일을 시켰다고 생각하니?"

피터는 어깨를 으쓱해 보이며 말했다.

"그래서 모든 단계를 다 배웠어요. 전부 제가 다 알려달라고 했고요."

"맞아. 하지만 그건 이게 네 집이라는 것을 알게 하기 위해서도 그랬어. 네 손으로, 네 뼈와 심장으로 속속들이 넌 이 집을 지었어. 네가 이 오두막에 있고, 네 안에 이 오두막이 있어."

"아니요. 그건 아무것도 아니에요. 아줌마하고 같이 있을 때는 여기에서 잠을 자고 공부를 할 거예요. 하지만 이건 제 집이 아니에요. 아줌마 땅이잖아요. 여기는 아줌마의 공간이에요."

"아! 땅, 알았다. 흠, 그 문제에 대해서 너랑 이야기할 참이었어. 어쨌거나 지금이 좋은 때구나."

볼라는 저만치 피터가 벽에 대충 기대어 놓은 연장 선반으로 건너갔다.

"넌 아주 어렸을 때 네게 의미가 있는 소중한 사람을 잃었어, 피터."

볼라는 마치 그 말을 연습한 것처럼 말했다.

"이 땅의 반을 너한테 준다는 서류를 준비해 뒀단다. 네가 무엇을 하든, 네가 어디에 가든, 내가 살아있든 죽었든, 네가 알았으면 좋겠어. 너한테는 머물 곳이 있다는 걸 말이야."

피터는 주춤 뒤로 물러났다. 언젠가 꽁꽁 언 강에서 몇몇 친구들과 심하게 장난을 친 적이 있었다. 그러다가 얼음이 얇게 언 곳으로 미끄러져 갔다. 아직도 생생하다. 얼음장같이 차가운 물이 자신을 삼키려 한다는 걸 너무 늦게 깨달았다. 지금 그때처럼 두렵고 끔찍한 기분이 들었다.

"물론 너는 문명에 가까이 있어."

볼라는 그러면서 안타까운 듯 고개를 저었다.

"난 그렇게 많이 바뀌지 않았지, 그렇지?"

"난 그거 싫어요."

"난 너를 위해 앞을 보는 거야, 피터. 넌 거의 열네 살이야. 넌 떠나겠지. 어쩌면 대학에도 갈 테고. 어쩌면 돌아오지 않을지도 몰라. 하지만 네가 돌아온다면……."

볼라는 오두막을 향해 두 손을 벌렸다.

"지금은 그냥 방 하나에 불과해. 하지만 네가 직접 부엌을 만들고, 뒤에 침실도 만들겠지. 거기서 복숭아나무도 내다보고. 내가 전기라든가 근사한 배관을 원하지 않는다고 해서 너도 그런 걸 멀리하라는 뜻은 아니야."

"난 싫어요."

볼라는 껄껄 웃음을 터뜨렸다.

"그래, 좋아. 전기는 안 돼, 지금은. 하지만 나중에 알게 될 거야, 내 생각에는 말이야."

피터는 볼라를 등졌다.

"아니요. 제 말은 아무것도 원하지 않는다고요. 이곳을요."

볼라가 자신을 향해 한 걸음 다가오는 소리가 들렸다.

"이 나라에 사는 사람 절반은 우리가 여기에 갖고 있는 것을 위해 무엇이든 내놓을 거야. 이 땅에서 솟아나는 깨끗한 물 말이야. 그건 금방 바뀌지 않을 거야."

"전 그런 건 신경 쓰지 않아요."

"그게 너희 부모님이 원하는 것이라고 생각하는데? 안전하게 지낼 곳이 있으면 마음이 편해져. 네가 좋아하는 곳 말이야."

그 공포, 그 끔찍한 것이 스멀스멀 기어 올라왔다. 그게 뭔지 정확히 알 수는 없었지만 기어 올라왔다.

"저는 여기 있는 그 어떤 것도 좋아하지 않아요."

"하지만 그건 사실이 아니야. 난 이 숲에서 그리고 저 과수원에서 너를 지켜봐 왔어. 넌 이 땅을 무척 좋아해. 내가 내내 지켜봤어."

"아니에요!"

"네가 나무로 작업하는 걸 지켜봤단다. 네가 이 오두막 짓는 걸 지켜봤지. 이 오두막을 바라보는 네 눈빛에는 사랑이 있었어. 넌 집을 무척 좋아해."

"집을 좋아하지 않아요! 필요 없어요! 하나도요. 이 땅도, 나무도, 이것도……."

피터는 자신이 이곳에서 한 그 모든 배반적인 작업을 휙 둘러보았다. 그 얇은 얼음으로 쭉 나아가는 것 같았다. 피터는 도끼를 주워 들고는 바닥을 쿵 내리쳤다. 칼날이 매끄럽게 빛나는 나무를 갈라놓았다.

"이 멍청한 곳도 안 좋아해요!"

"너 왜 그러니, 내가 무슨 말을 했다고?"

볼라가 피터를 향해 두 팔을 들어 올렸다.

갑자기 뭔지 정확히 알 수 없었던 걸 깨달았다.

분명히 떠올랐다.

"아줌마는 우리 엄마가 아니에요!"

볼라는 움찔했다. 두 손을 끌어내려 자신의 몸을 감싸 안았다.

"알아, 안다고. 내 말은……."

"난 아무도 필요 없어요."

피터는 자신이 내뱉은 그 모진 말을 다시 주워 담으려 했다.

하지만 이미 터져 나와버렸다. 볼라는 자신이 아니라 피터가 안쓰럽다는 눈빛으로 피터를 쳐다보았다. 피터는 그 모습을 외면했다.

그냥 해. 계속 걸어. 돌아보지 마.

볼라의 한숨 소리에 이어 갈라진 소나무에서 도끼를 빼내 선반에 올려두는 소리가 들렸다. 피터에게 가르쳐준 방식대로, 볼라가 다른 연장과 줄을 맞추어 날을 안쪽으로 놓았다는 걸 알았다. 볼라가 문으로 걸어가 콘크리트 벽돌에 발을 내려놓는 소리와 문 닫는 소리가 들려왔다. 그래도 피터는 돌아보지 않았다.

하지만 더 이상 아무 소리도 들리지 않았을 때 창문으로 달려갔다.

피터는 볼라가 오솔길을 따라 내려가는 모습을 지켜보았다. 볼라가 등을 꼿꼿하게 세우고 자신에게서 멀어지는 것을……. 피터는 허리를 숙였다. 가슴이 너무 아파서 죽을 것만 같았다.

팍스는 집을 향해 터벅터벅 걸어가며 온화한 봄날 밤의 냄새와 소리를 흠뻑 들이마셨다. 하지만 데저티드팜 근처에 왔을 즈음, 어린 새끼들 생각에 발걸음이 빨라졌다. 동이 터서 하늘이 밝아질 즈음에는 마지막 남은 숲길을 총총 뛰어갔다.

헛간 지붕이 눈에 들어오자 걸음을 멈추었다. 어제 브리스틀이 점점 자라나는 새끼들을 위해 굴을 넓히느라 새로 파낸 흙이 풀밭 위로 서리처럼 여기저기 흩어져 있었다. 저 아래쪽의 밭은 평화로웠다. 하지만 팍스는 몸을 납작하게 숙이고 주위를 지켜보았다.

요사이 새끼들은 굴에서 더 과감히 멀리 나가기 시작했다. 브리스틀은 오늘 저녁에 새끼들을 저수지로 데려가서 스스로 물을 마시도록 가르치고 싶어 했다. 새끼들을 밖으로 몰려면 부모 둘 다 필요하기에 팍스도 따라가야 한다.

그때 문득 헛간 계단 아래에서 뭔가 움직이는 게 보였다. 뒷목덜미의 털이 곤두섰다. 그때 뭔가가 눈에 띄었다. 작은 털 뭉치 같은 짐승 하나가 뒤뚱뒤뚱 움직였다. 몸을 낮게 웅크린 사냥꾼이 아니라 새끼 한 마리가 밖에 혼자 있었다.

브리스틀은 가만있지 않을 거다.

물론 어린 암컷 여우였다. 어미한테 반항하는, 한 배에서 나온 새끼 한 마리.

잠깐 지켜보았다. 새끼는 땅바닥에 머리를 내려놓았다가 들어올렸다. 그러더니 냄새를 따라 헛간 뒤로 향했다. 거기에서부터 느릿느릿 나아가며, 한 발 한 발 덤불로 가더니 이윽고 라즈베리 덤불로 방향을 틀었다.

팍스가 두어 시간 전에 지났던 길이다. 새끼가 팍스를 따라가고 있다.

팍스는 새끼를 불렀다.

새끼 여우는 몸을 돌리고는 아비를 향해 가르랑거렸다. 이윽고 신이 나서 팍스를 향해 펄쩍펄쩍 뛰어오기 시작했다.

팍스도 허둥지둥 달려갔다. 말을 안 들었으니 꾸짖어주고 나서 여우굴로 데리고 갈 거다. 그런데 그 빈터에 도착할 즈음, 힘센 날개 한 쌍이 쓱 내려왔다. 새끼 머리 위로 어렴풋한 어둠을 뚫고 발톱을 쭉 뻗었다.

팍스는 펄쩍 뛰어올랐다. 수리부엉이가 날아오를 때 허벅지를 꽉 깨물었다. 하지만 수리부엉이가 발톱에 새끼를 쥐고 있었다.

수리부엉이가 팍스의 머리를 쪼아댔지만 팍스는 꽉 깨문 입을 풀지 않았다.

놈이 거대한 날개를 쓰윽 저으며 팍스를 끌고 갔다. 팍스는 뒷다리를 비틀어 수리부엉이의 배를 할퀴었다. 하지만 수리부엉이는 더 단단히 새끼를 움켜잡았다.

팍스는 더 꽉 깨물었다. 이빨이 바스러지는 것 같았다. 머리를 힘차게 움직였다. 수리부엉이는 비명을 지르며 발톱을 풀었다.

새끼 여우는 바닥으로 툭 떨어지고 수리부엉이는 날개를 휘저

으며 사라졌다.

팍스는 새끼를 여기저기 살펴보았다. 양쪽 어깨에 발톱 자국이 두 개씩 생긴 것 말고는 다친 데는 없었다. 그렇지만 새끼 여우는 몸을 바들바들 떨었다.

팍스는 새끼의 상처를 핥아주고 몸을 꼭 감싸 안아 새끼가 품속에 기어 들어오게 했다. 그래도 녀석은 여전히 몸을 심하게 떨었다. 심장이 방망이질 쳐댔다.

팍스의 심장도 뛰었지만 그건 다른 두려움 때문이었다.

"항상 위를 봐야 해. 위에서 다가오는 위험은 소리가 없거든."

이 충고로는 새끼 여우를 보호할 수 없었다. 그 무엇도 충분하지 않을 거다.

8

"어서, 우리 여기 운동하러 온 거라고."

피터는 당황해서 벌떡 일어났다.

"미안, 그렇지."

언제나 그랬다. 피터는 볼라 아줌마 집에서는 텔레비전을 전혀 아쉬워한 적이 없었다. 하지만 벤의 집에 오면, 언제나 이 집 거실에서 생각 없이 텔레비전을 넋 놓고 보았다. 그러다가 마침내 벤이 어깨를 툭 치며 왜 여기에 왔는지를 일깨워 주었다.

피터는 야구 글러브를 집어 들고 벤을 따라 밖으로 나갔다.

벤의 다섯 살짜리 여동생 아스트리드도 여느 때처럼 따라 나왔다. 피터는 남몰래 이 아이에게 메아리를 뜻하는 '에코'라는 별명을 붙여주었다. 오빠가 하는 말이나 행동은 무엇이든 따라

하기 때문만은 아니었다. 오빠의 힘없는 머리카락, 주근깨, 다부진 성격을 닮았기 때문만도 아니었다. 어쩐지 메아리처럼 존재감 없이 희미했기 때문이다. 아스트리드는 마치 그곳에 없는 듯했다. 이 생활 전체가 이 아이에게는 그렇게 진지하지 않은 것 같았다. 자기 오빠 벤을 엄청나게 좋아하는 것만 빼고.

밖에서 벤은 동생을 안아 들어 현관 계단에 내려두고, 동생 옆에 해바라기 씨 봉투 하나도 놓았다.

"이거 잘 지켜줘. 그리고 여기에 잠자코 있어. 우리 아주 세게 던질 거야, 알았지?"

에코가 고개를 끄덕였다.

"아주 세게, 알았어."

피터는 긴팔 셔츠를 벗었다. 지난주부터 봄 날씨가 확 풀렸다. 야구의 계절이다. 진입로 바닥이 단단해서 공 던지기 연습을 하기에 마침 안성맞춤이었다. 잠깐 서로를 향해 낮으면서도 재빠르게 공을 던졌다. 아무리 예상치 못한 곳으로 던져도 공을 거의 다 잡았다. 피터만큼 야구를 좋아하고 집중해서 잘하는 사람과 놀면 기분이 좋았다.

공을 놓치면 서로에게 "한물갔어, 벤!" 또는 "피터, 넌 끝났어!"라고 외쳤다. 그것도 좋았다. 이제 1년이 지나서 그 아재 개그가 익숙했기 때문이다.

그러다 문득 땅볼이 옆으로 튀어나가서 집 모퉁이를 치고는 바닥으로 튕겨 들어갔다. 벤이 공을 집으러 갔다가 돌아오면서 소리쳤다.

"서쪽 마을 아이들은 무슨 공이 날아오는지도 모를걸."

피터는 글러브를 벗고는 끈을 조절하는 체했다.

"난 여름에는 야구 안 할 거야."

"뭔 소리야?"

피터는 공을 집어서 글러브 안에 넣었다. 야구 연습은 더 이상 없을 거다, 그 말을 하려 한다. 지난밤에 결심한게 바로 그거였다.

"나 주니어 워터 워리어에 들어갈 거야."

벤이 쿡 웃음을 터트렸다.

"아니, 넌 못 들어가. 그 사람들 여기로 안 올 거야. 우리 물은 괜찮아. 어서, 장갑이나 껴."

벤은 자기 자리로 다시 달려갔다.

"아니야. 들어봐. 그 사람들이 여기에 안 온다는 거 알아. 내가 거기로 갈 거야. 나 토요일에 떠나."

벤은 허리께에 주먹을 얹고 침묵에 빠졌다.

"어디로 가려고?"

"내가 살던 곳으로 돌아갈 거야."

지난밤, 워터 워리어가 옛날 동네 근처를 정화할 계획이라는 걸 알고 든 생각이었다. 피터한테는 이미 집이 있었기에 아줌마가 제안한 집이 필요 없었다. 피터는 자기 집에서 걸어갈 만한 거리에 있는 주니어 워리어와 함께 활동할 거다.

"하지만 거긴 150킬로미터도 넘게 떨어져 있잖아?"

"500킬로미터야."

"볼라 아줌마가 보내줄까?"

피터는 어깨를 으쓱해 보였다.

"오늘 밤에 아줌마한테 말씀드릴 거야. 가라고 하실 거야."

벤은 몸을 돌려 주차장 지붕에 대고 공을 던지기 시작했다.

피터는 벤이 왜 그러는지 이해했다. 야구는 둘이 서로 공을 던졌다가 잡으면서 나누는 언어였다. 두 사람이 계속해서 이 놀이를 하는 한, 상대의 동작을 예측하면서 서로 힘든 것을 솔직하게 전할 수 있었다. 지금 이 순간 벤은 이렇게 말하고 있었다.

'알았어, 나한테도 이 소식을 소화할 만한 시간이 좀 필요해.'

불현듯, 피터는 그러고 싶지 않다는 생각이 들었다. 피터가 학교에 걸어 들어간 첫날부터 벤은 신입생의 긴장과 팍스 없는 외로움을 채워주는 든든한 지원군이었다.

"너도 가도 돼."

피터는 깊이 생각도 하지 않고 불쑥 내뱉었다.

"텐트에서 같이 지내면 돼. 트랙터 같은 건설 장비를 몰게 해준다고 들었어. 카누를 타고 샘플 채취도 하고. 그리고……."

"난 안 돼."

"너도 들어갈 수 있어. 열두 살 이상이고 부모님 동의만 있으면……."

"아니, 안 돼."

47

벤은 현관 계단을 향해 고개를 끄덕였다. 그곳에 동생이 해바라기 씨를 머리 위에 대고 아무렇게나 흔들어 대고 있었다. 벤이 소리 내지 않고 입술로 말했다.

'저 아이 수술.'

아스트리드가 자기 얘기를 하고 있다는 걸 눈치챈 듯 현관에서 뛰어내려 달려왔다. 벤은 야구공을 내려놓고 동생을 가까이 끌어당겨 머리카락에서 아프지 않게 해바라기 껍질을 떼어내 주었다.

피터는 한 걸음 물러났다.

"아, 그러니까, 아스트리드가······."

벤이 동생을 꼭 껴안았다.

"아스트리드는 괜찮을 거야. 그렇지만 내가 없으면 겁먹을 거야."

아스트리드가 그 말을 따라 했다.

"나 겁먹을 거야."

그 말을 따라 하면서도 아스트리드는 웃음을 짓고 있었다. 두려워 보이는 건 벤이었다.

바로 그때 퍼뜩 떠올랐다. 피터는 면역이 되어 있었다. 그렇다, 피터는 모든 걸 잃었다. 엄마, 아빠, 팍스. 자신이 아끼던 것모두를. 하지만 모든 걸 잃었다는 건 잃을 게 아무것도 없다는 뜻이다.

열세 살이다. 삶이 또다시 피터를 아프게 할 수는 없다.

"조심해."

피터는 친구에게 경고해 줄 수밖에 없었다.

벤이 고개를 들고 물었다.

"무슨 뜻이야?"

벤은 동생이 아프지 않게 껍질을 빼내면서 머리를 묶어주었다. 벤에게는 너무 늦었다.

하지만 피터에게는 늦지 않았다.

"아무것도 아니야."

피터는 모자챙을 끌어내리고는 자전거로 달려갔다.

"또 보자."

진입로로 내려가며 소리쳤다.

벤이 소리쳤다.

"기다려. 시간에 맞춰서 돌아오면, 어쩌면 나 갈 수 있을지도 몰라."

"신경 쓰지 마. 어쨌거나 동료를 원하는 건 아니야."

그냥 해. 계속 걸어. 돌아보지 마.

볼라 아줌마의 집으로 자전거를 몰고 가며 꽤나 친해졌다는 생각이 들었다. 친구는 자신의 여정에 필요하지 않았다. 어쩌면 피터에게 친구는 필요 없을지도 모른다, 끝.

* * *

볼라 아줌마가 두 사람 사이에 놓인 신문의 지도 한 곳을 톡 톡 두드렸다.

"워터 워리어는 지금 여기에 머물고 있어. 저수지야. 네가 살 던 곳에서 약 80킬로미터 상류."

피터는 고개를 끄덕였지만 말은 하지 않았다. 벤에게 했던 말 에도 불구하고, 어제 아줌마의 마음을 아프게 했음에도 불구하 고, 자신이 하고자 하는 일을 아줌마한테 이야기했을 때 아줌 마가 가타부타 말을 하지 않아서 깜짝 놀랐다. 아줌마는 온종일 피터 주위에서 각별히 조심스럽게 행동했다. 하지만 "그건 어쨌 거나 먼 길이야. 그래도 이해해." 이 말이 전부였다.

아줌마가 지도의 길 하나를 손가락으로 쓱 훑어 내려갔다.

"지금 강 하류에서 작업을 하고 있어. 저수지에서 일을 마치 면, 어쩌면 일주일 있다가 이 강 남쪽을 따라갈 거야."

피터는 그 낡은 공장 터 옆으로 강이 넓어지는 지점에서 아줌 마의 손가락이 멈추는 것을 지켜보았다. 지난봄, 팍스를 다시 찾 고 나서 떠나보낸 곳이다.

팍스를 영원히 보냈던 곳. 아빠가 강을 폭파할 폭탄을 설치했 던 곳. 그 어린 여우의 다리를 앗아갔던 곳. 아빠와 여우 둘 모 두를 마지막으로 보았던 곳이었다.

지내기엔 험하지만 그 대신에 혼자 한 달을 보낼 수 있다. 그 러고 나서 옛날 집으로 갈 거다. 거기에 있으면 마음이 편해진 다. 그럼 정리할 수 있을 테지. 엄마의 무덤에 가서 아빠의 유골을 뿌릴 거다. 엄마를 위해 그렇게 제대로 할 거다.

아줌마가 말하고 있었다.

"이 지역 전체가 위험할 거야. 태양증류기가 어떤지 알지? 항상 아이오딘* 방울을 사용해."

물론 피터도 전부 알았다. '워터 세이프티', 그러니까 '안전한 물'은 지금 이 나라의 모든 학교에서 필수과목이었다. 게다가 워터 워리어는 전문가들이다. 그렇지만 피터는 아줌마가 이야기를 계속하게 내버려 두었다. 아줌마에게 확신이 필요하다는 걸 알았기 때문이다.

"인적이 드문 곳에 있다고 하더라도 물이 안전하다고 추측하지 마. 화학약품은 지하수까지도 스며들 수 있으니까. 크리스털처럼 맑고 투명한 연못을 봤다고 하더라도 사실 그건 경고 표시야."

"알아요. 아무것도 그 안에 살 수 없으니까 투명한 거잖아요."

"이것 좀 봐."

볼라는 다시 지도를 손바닥으로 쓱 훔치고는 말했다.

"올해 이 지역 전체에 어린 종이 하나도 없다는 보도가 있었어. 어린 것들은 오염된 물에서는 살아남을 수가 없어."

오늘 밤 다시 속죄를 해야 한다는 뜻이었음에도 불구하고 그건 괜찮았다. 익숙해지고 있으니까. 속죄가 더 이상 그렇게나 많

---

* 예전에는 '요오드'라고 칭했으나 '아이오딘'으로 표기법이 정정되었다.

이 아프지 않았다.

"팍스는 아마도 아직 거기 근처에 살고 있을 거예요. 팍스는 어리지 않아요. 이제 여섯 살이 됐으니까요."

"난 네 여우를 걱정하는 게 아니야, 녀석아. 널 걱정하고 있는 거라고. 모든 종의 어린 것들에는 인간도 포함되잖아. 절대로 그런 물을 마시면 안 돼."

"알아요. 조심할게요."

피터는 자리에서 일어서며 신문을 접었다.

"한 가지 더. 여기처럼 쉽게 필요한 것을 얻을 수는 없을 거야. 그러니까 할 수 있을 때마다 컵을 채워."

9

달이 높이 뜨자 팍스와 브리스틀은 새끼들을 데리고 저수지로 나갔다.

시간이 꽤 오래 걸렸다. 어린 수컷 여우 두 마리가 새로이 눈에 들어오는 것마다 멈추어서 들여다보려고 했는데 새로운 것들이 무척 많았다. 특이한 냄새가 나는 가죽 장화, 뜯어내면 폴폴 날아다니는 씨앗 주머니, 냄새만큼이나 맛도 고약한 앉은부채* 등 몸을 돌릴 때마다 녀석들은 놀라운 것들을 찾아냈다.

작은 수컷이 딱정벌레를 따라서 청미래덩굴로 들어갔다. 팍스와 브리스틀이 녀석을 그 가시덤불에서 떼어내는 사이, 큰 녀석이 뒤

---

* 천남성과의 여러해살이풀

뚱뒤뚱 걸어가는 스컹크 한 마리를 잽싸게 쫓아가는 바람에 팍스는 펄쩍 뛰어 되돌아가 녀석을 제때에 낚아채 위험에서 빼내야 했다.

어린 암컷 여우만 문제를 일으키지 않았다. 이 새끼 여우는 늘 팍스 곁에 머무르려 했다. 팍스가 뭔가를 보여주면 냄새를 맡거나 맛을 보기는 했다. 하지만 새로운 것을 재빨리 살펴보고 나서는 아비의 품속으로 다시 후다닥 달려와 다리 사이를 걸어 다녔다. 이따금 팍스가 걸려 넘어지곤 해서 걸음걸이가 훨씬 더 늦어졌다. 팍스가 자기 옆쪽으로 오라고 녀석을 쿡쿡 코로 찔러댔다. 녀석은 조바심내며 고개를 들어서 혼자 발을 헛디뎌 자주 넘어졌다.

세상은 즐거움과 위험 두 가지 모두로 가득 찼다. 팍스와 브리스틀은 새끼들이 알아야 할 것을 전부 가르쳐야 했다.

"그래, 위를 봐. 그러면서 주위도 둘러봐."

팍스는 암컷 새끼에게 말했다.

팍스가 녀석에게 푸석푸석한 자작나무 껍질에 기대어 몸을 파르르 떠는 머리만한 크기의 옅은 초록색 나방을 보여주었다. 여름에 먹으면 털에 얼룩이 묻어나는 블랙베리가 아주 빽빽하게 자라는 구멍도 보여주었다. 가을 햇살 아래 낮잠을 자는 동안 사과가 툭툭 떨어지곤 하는 들판도 보여주었다.

"보이는 곳마다 넉넉함이 있어."

이제 막 여우 가족은 저수지를 둘러싼 철조망 울타리에 도착했기에 팍스는 주위를 더 꼼꼼하게 살폈다. 철조망이 동물 우리에서 지내던 오랜 기억을 불러일으켰지만, 자신을 불편하게 만든 것은 오히려 저수지였다.

이렇게 넓다니 믿을 수가 없었다. 물가를 따라 아무리 달려도 물 말고는 전혀 보이는 게 없었다. 이렇게 넓은 물은 지금껏 본 적이 없었다. 건널 수가 없었다. 또한 이곳은 기다란 건물과 벽에 둘러싸여 있어서, 물이 콘크리트에 부딪힐 때마다 성난 듯 소리가 울려 퍼졌다.

가장 당혹스러운 건 아무런 냄새가 나지 않는다는 사실이었다. 자유롭게 지내던 시절, 흐르는 물에서는 생명의 냄새가 난다는 것을 알았다. 빗물받이에서는 하늘 냄새와 빗물에 부딪히는 나뭇잎 냄새가 났다. 강물에서는 이끼와 은빛 송어 냄새가 났다. 샘물에서는 뿌리 냄새가 났다. 하지만 여기 이 물은 생명의 흔적이 전혀 없이 흘러갔다. 깊은 곳에 헤엄치는 물고기도, 얕은 곳을 따라 종종걸음 치는 게도, 진흙에 숨어있는 조개도 없었다. 고작 죽은 갈대만 물가에 밀려왔다.

팍스는 브리스틀과 다른 새끼 두 마리가 자신을 따라올 때까지 기다렸다. 이들은 구불구불하게 휜 철사 아래로 쓱 미끄러지듯 빠져나왔다.

저수지로 가까이 다가오면서, 브리스틀은 겁을 먹고 놀라 으르렁거렸다. 팍스는 몸을 납작 엎드리고는 식구들에게 자기를 따라오라고 했다.

팍스는 좀 더 잘 볼 수 있도록 앞으로 나아갔다.

물가 저 위쪽으로 있는 건물 옆에 불빛이 보였다.

"잠자코 있어. 내가 가서 볼게."

어린 암컷 여우는 징징거리면서 기어왔다. 팍스는 또다시 잠자코 있으라고 엄하게 일렀다. 그러자 새끼는 조용히 어미 품속으로 파고들었다.

팍스는 바람을 맞으면서 이리저리 빙빙 돌아다녔다. 가까이 다가가자 나무 타는 냄새가 나고 사람들의 목소리가 들려왔다.

브리스틀과 달리 팍스는 인간을 두려워하지 않았다. 팍스는 한 소년과 함께 살았는데, 그 소년을 무척 좋아해서 인간의 습성을 익혔다. 그리고 그 생활방식은 결국 팍스의 삶 대부분이 되었다. 팍스는 덤불에서 나와 좀 더 바짝 다가가 사람들 무리를 지켜보았다.

사람들이 불가에 모여 있었다. 이 무리에 여자와 아이들도 있었지만 모두들 전쟁병에 걸린 사람들의 옷을 입었다. 팍스가 1년 전부터 기억하고 있는 사람들의 모습과 같았다. 트럭 한 대가 섰다. 팍스는 그것도 알아보았다. 불에 탄 쇠붙이와 기름 냄새가 나는 커다란 초록색 탈것이다.

팍스는 여우 가족이 기다리고 있는 곳으로 돌아왔다.

"전쟁병에 걸린 인간들이 왔어."

팍스와 브리스틀 사이로 그 모든 기억이 스쳐 지나갔다. 전쟁병에 걸린 사람들이 있는 곳에서는 느닷없이 땅이 우르르 쾅쾅 무너져 내리고, 공기 그 자체가 산산이 부서지기도 했다. 여우는 다리를 잃을 수도 있다. 그리고 죽을 수도 있다.

데저티드팜에 있는 여우들의 보금자리가 더 이상 안전하지 않았다.

브리스틀은 새끼들을 돌아보고는 말했다.

"안전한 곳으로 우리 식구들을 옮겨야 해."

팍스도 그 말을 이해했다. 브리스틀은 떠날 수 없었다. 그러니까 식구들의 새로운 보금자리를 찾기 위해 팍스가 나서야 했다.

"하지만 오늘 밤은 안 돼. 오늘 밤에는 저 녀석들한테 물 마시는 법을 가르칠 거야."

브리스틀과 팍스는 안전해 보이는 자갈투성이 물가로 미끄러지듯 내려갔다. 그 잔잔한 물에 고개를 숙이고는 새끼들에게 혀로 물을 핥아먹는 방법을 보여주었다.

둑으로 내려온 새끼들이 수면으로 돌진해 가더니 그 액체에 깜짝 놀라 후다닥 뒤로 물러났다. 새끼들은 이리저리 펄쩍펄쩍 뛰며 물가를 따라 첨벙거리고는 서로를 물속에 밀어넣었다.

브리스틀과 팍스는 뒤로 물러나 새끼들을 지켜보았다. 그러면서도 브리스틀은 인간들이 있는 저수지 저쪽을 예의 주시했다.

팍스는 새끼들이 변하고 있다는 것을 알아차렸다. 회색 털이 날마다 붉어졌다. 꼬리와 뺨 끝에 난 털은 하얘졌다. 다리도 까매지고 길어졌다. 서로를 쓰러뜨릴 만큼 힘도 붙었다.

몇 분 뒤, 새끼 여우 세 마리는 모두 주저앉아서 새로운 물맛을 알아갔다.

자신들이 해낸 것에 신이 나고 멀리 걸어와 목도 말랐는지 녀석들은 물을 마시고, 마시고, 또 마셨다.

10

"안 오실 거예요."

볼라는 밀고 있는 비스킷 반죽에서 고개도 들지 않은 채 말했다.

"오실 거야."

"절대로 안 와요."

"흠, 이번엔 오실 거야. 하나밖에 없는 손자가 아침에 떠나서 한 달이나 자리를 비우잖아. 저기 당근 세 개만 잘라서 탁자 위에 놔줘."

피터는 칼을 들고서 도마 위에 당근 하나를 놓았다.

"뭐 때문에 그렇게 확신을 하시는 거예요?"

볼라가 반죽 위에 밀가루를 뿌렸다.

"그건 말이야, 이번에는 내가 할아버지를 초대하지 않았기 때문이야. 저녁 식사가 여섯 시 30분이라고 말씀드렸어."

그 말을 들으니 피터는 더 걱정스러웠다.

"남이 뭘 시키는 걸 좋아하는 그런 분이 아니에요."

피터가 알려주었다.

볼라는 어깨를 으쓱해 보였다. 컵으로 비스킷 모양을 잘라내며 말했다.

"어쩌면 네가 당신과 살지 않고 여기에서 살기로 해서 화가 나신 걸지도 몰라. 그래도 넌 여전히 하나밖에 없는 손자야. 유일한 가족이라고, 알겠어? 너는 떠날 거야. 그러니까 오실 거야."

피터는 볼라 아줌마의 말이 옳기를 바랐다. 하지만 그건 아줌마가 너무 일을 많이 벌여놓았기 때문이다. 오븐에는 히커리 열매와 파로 속을 채운 구운 오리가 있다. 어제 아줌마는 마지막 감자를 캐내고 처음으로 콩도 땄다. 오늘 아침에는 샐러드를 만들겠다며 피터에게 냇가에 가서 물냉이를 잘라오라고 시켰다. 피터가 돌아왔을 때 아줌마는 복숭아 파이를 만들고 있었다.

복숭아 파이는 이제 창턱에 자리 잡고 있다. 낮 내내 복숭아 냄새가 났다. 마지막 나뭇조각에 못질을 하는 피터의 오두막까지 냄새가 오솔길을 따라 손짓하듯 구불구불 풍겨 내려왔다.

1년 전, 피터가 굶주리고 뼈가 부러진 상태로 이곳에 도착해서 처음으로 먹은 음식이 바로 저 복숭아였다. 그 사실을 아줌마가 기억할까 문득 궁금했다. 피터는 그때 병째로 게걸스럽게 먹어치웠다. 나중에 아줌마는 자기 이야기를 피터에게 전부 들려주었다. 소녀 시절 밤에 몰래 과수원으로 빠져나가서 복숭아를 배에 얹어놓고 달빛 속에서 먹었다고 했다.

지난여름 복숭아가 익었을 때, 피터도 그렇게 해보려고 했다. 한밤중에 몰래 집을 빠져나왔다. 달빛은 없었지만 반딧불이 백만 마리가 빛났었다. 그 말랑말랑한 복숭아 과즙으로 얼굴이 끈적끈적해질 때까지 복숭아를 실컷 먹었다.

그날 밤, 팍스를 버리고 나서 처음으로 눈물을 쏟아냈다. 어쨌거나 어둠 속에서 피터의 얼굴은 온통 복숭아 즙으로 뒤범벅이었다.

다시 몰래 집 안으로 기어 들어왔을 때 아줌마는 깨어 앉아 있었다. 그 표정을 보니 자신이 울었다는 걸 아줌마가 눈치챈 것 같았다. 그래도 아줌마는 피터를 그냥 내버려 두고 알은체하지 않았다.

이제 복숭아 파이는 자신이 이곳을 떠나려 한다는 사실, 자신에게 영원히 머무르라고 한 아줌마에게 상처를 주었다는 그 모든 사실을 떠올리게 하며 피터를 괴롭혔다. 피터는 복숭아 파이를 등지고 서서 말했다.

"아줌마가 틀렸어요. 할아버지는 안 오실 거예요."

피터는 이어서 다시 말했다.

"서명을 받으려면 내일 아침에 우리가 거기로 가야 할 거예요."

"오실 거야."

볼라는 오븐에 비스킷 접시를 밀어 넣고는 확신하듯 오븐 뚜껑을 힘주어 꽝 닫았다.

볼라가 옳았다. 15분 뒤, 아주머니의 트럭 옆에 노인의 쉐보레 자동차가 씩씩거리며 주차하는 소리가 들려왔다. 피터는 창문으로 달려가 확인하고는 오두막 안을 쓱 둘러보았다.

장작이 활활 타오르고 기름 램프가 가구를 황금빛으로 물들이며 빛을 냈다. 바닥은 새로 왁스를 칠하고 탁자는 북북 문질러 닦고 멋진 도자기를 올려놓았다. 벽난로 위 노란색 주전자에 수선화가 풍성하게 피어났다. 창문으로 어스름 속에 파랗게 빛나는 언덕이 보였다.

피터는 자리에서 일어나 문을 열고 할아버지가 허리를 편 채 두리번거리며 주위를 살피는 모습을 지켜보았다. 희미하게 꽃이 피는 과수원, 붉은 흙을 배경으로 짙은 초록으로 단정하게 줄 맞추어 자라는 텃밭, 견고한 헛간 너머 새로 지은 피터의 오두막. 할아버지에게 이곳이 어떻게 보일까 생각하니 가슴이 벅차올랐다.

할아버지가 돌길 위로 올라섰을 때, 머리를 이마 위로 단정하게 빗어 넘긴 할아버지의 얼굴이 분홍빛으로 물들었다는 것을 알았다. 일을 한 뒤 집에 가서 샤워를 하고 새로 면도를 한 게 분명했다.

"오셨네요. 잘 오셨어요."

피터가 바보처럼 소리쳤다.

"오래 있지는 못해. 누군가는 일을 해야지."

할아버지는 문 앞 돌판에 멈추어서 피터가 처음 왔을 때 느꼈던 것과 똑같이 놀라며 안을 들여다보았다. 마치 바깥과 비슷하게 거칠고 원시적인 실내를 예상했던 것 같았다.

"들어오세요, 어서요. 시장하시면 좋겠네요."

아줌마가 부엌에서 채근했다.

할아버지가 시장하리라는 걸 피터는 알았다. 노인은 일하고 나서 집에 오는 즉시 과자 봉투를 열고 맥주를 딴다. 그러고 나서 깡통에서 꺼낸 끼니를 데웠다. 오늘 밤, 아줌마의 집에서는 레스토랑 같은 냄새가 났다.

아줌마가 즉시 식탁 위에 음식을 내놓고 접시를 채웠다. 고기 국물이 옆으로 줄줄 흘러내렸다. 노인이 식사를 하는 동안 아줌마는 그저 날씨, 피터가 받아온 좋은 점수, 야구부를 꾸린 일 등의 소소한 이야기를 했다. 할아버지는 우적우적 음식을 씹으면서 그저 고개만 끄덕였다.

이윽고 모두의 접시에 음식을 새로이 더 놓아주며 말했다.

"그래서, 내일……"

피터는 포크를 내려놓았다.

아줌마는 계속 이야기를 했다.

"제가 피터를 데려다주려고요. 할아버지 손자 때문에 저 트럭을 샀어요. 그러니 사용하는 편이 낫겠죠. 제가 랜스버그에 있는 저수지로 데려다줄게요. 그다음에는 부대와 함께 갈 거예요."

"부대에다 워터 워리어라. 진짜 군대도 아니면서 그런 단어를 쓸 권리는 없소."

노인은 아무렇게나 손을 내저으며 말했다.

볼라가 차분하게 물었다.

"왜 없어요?"

"나는 군에 복무했소. 우리 아버지, 이 애 아비도 군에서 복무했지. 진짜 군대는……."

노인은 두 주먹을 들어 올리고는 서로 부딪혔다.

"볼라 아주머니도 군에 있었어요."

피터가 끼어들었다.

노인은 볼라의 다리를 흘끗 내려다보고는 마지못해 말했다.

"내 말이 무슨 뜻인지 알지요? 워리어는……. 힘이 있어야지. 착한 일을 하는 무리가 아니라."

볼라는 아무런 감정 없는 목소리로 말했다.

"음, 그건 제 생각은 아니에요."

따지지 마라, 생각이 다른 사람을 판단하지 마라.

피터는 볼라의 기술에 감탄했다. 굳이 싸우지 않고 생각이 다른 사람을 제지하면서 상황을 정리했다. 그래도 피터는 1년 만에 다시 배가 당겼다.

그런데 문득 아줌마가 사과 주스가 담긴 도자기를 들어 잔을 다시 채웠다. 그러고는 내려놓다 말고 도자기를 든 채 말했다.

"이건 선물로 받은 거예요. 여기 근처 땅에서 나온 진흙으로 만들었어요. 지역 장인이 만들었죠. 그 사람 장작이 떨어졌을 때 제가 장작을 좀 가져다줬거든요."

아줌마의 그 말에 피터는 긴장이 풀렸다. 주제가 바뀌었기 때문이다.

할아버지는 음미하듯 쩝쩝거렸다.

볼라가 생각에 잠겨 물었다.

"그 사람이 이 일을 배우는 데 몇 년이 걸렸을까요? 이 도자기를 만드는 데 몇 시간이나 걸렸을까요? 우리 컵을 채우는 데 몇 번이나 사용되었을까요?"

할아버지가 음식을 향해 허리를 숙이자 피터는 포크를 들어 올렸다.

아주머니의 말은 끝나지 않았다.

"한번 생각해 보세요. 이 도자기를 벽에 내동댕이치는 거예요. 그런 식으로 힘을 보여줄 수 있죠. 누구든 뭔가를 깰 수 있어요. 하지만 난 만들어내는 힘을 존중해요."

아줌마는 도자기를 내려놓았다. 그러고는 피터를 향해 유리잔을 들었다.

"그리고 사람들은 대부분 뭔가를 새로 세우는 선택을 하는 사람을 존경하지요."

피터 할아버지는 음식을 씹다가 짐짓 멈추었다. 그러더니 마지못해 고개를 끄덕였다.

문득 볼라가 할아버지에게 품위 있게 말했다.

"게다가 피터는 잘 써먹을 기술을 배우게 될 거예요. 파이프를 놓는 배관공은 요즈음 왕자나 다름없어요. 우물을 파는 사람은 왕이고요. 그런 건 언제든 곧장 달라지기 쉽지는 않지요."

"정직한 일을 알면 아무 해가 없지."

노인은 우물우물 음식을 씹고 체면을 차리면서 고개를 끄덕였다. 냅킨을 만지작거리는 바람에 숟가락이 바닥으로 딸그락 소리를 내며 떨어졌다.

피터는 의자를 뒤로 기울여 뒤에 있는 그릇장으로 손을 뻗었다. 쳐다보지도 않고 새 숟가락을 끌어당겨 할아버지 접시 옆에 놓았다.

노인은 숟가락을 잡았다. 놀란 듯 보였다. 피터는 할아버지가 왜 그렇게 놀랐는지 깨달았다. 자신의 손자는 이곳을 무척이나 편안하게 여겼다. 들여다보지도 않고 숟가락을 집을 정도로!

피터는 말하고 싶었다. "여기는 제 집이 아니에요." 하지만 그 대신에 이렇게 말했다.

"캠프에 참여하려면 허가서가 필요해요. 가족이 서명해야 해요. 할아버지가 제 가족이고요."

그리고 그 말은 효과가 있었다. 할아버지의 얼굴이 안도와 약간의 자부심으로 부드러워지는 게 보였다. 할아버지는 펜을 찾아 주머니를 더듬거리고 나서 화려하게 서명했다.

집 앞 현관으로 파이를 가지고 나갔다. 피터는 랜턴을 켰다. 난간에 발을 올리고 파이를 먹으면서 가느다란 초승달이 떠오르는 모습을 지켜보았다. 할아버지는 점점 말이 많아졌다. 자신이 군 복무 시절에 겪었던 위험, 절대로 하면 안 되는 실수를 알려주었다. 이 모든 걸 보호자처럼 말해주었기에 피터는 깜짝 놀랐다.

2세대 전의 조언이 도움이 되리라고는 생각하지 않았지만 어쨌거나 할아버지가 이야기를 하도록 내버려 두었다. 살짝 놀랍게도 할아버지는 그러니까, 뭐랄까, 할아버지처럼 행동하고 있었다.

"몸조심해라."

마지막으로 할아버지는 그렇게 말했다. 그러더니 자리에서 일어나 아주머니에게 식사 맛있게 했다고 인사를 하고 피터와 악수를 나누었다.

아주머니는 할아버지에게 손을 흔들어 인사를 하고 나서 말했다.

"이제 좀 더 자주 오실 것 같구나."

피터는 대답 없이 자리를 떴다. 빈 접시를 치우고 먹다 남은 파이를 반듯이 놓았다.

볼라도 피터를 따라 안으로 들어왔다.

"있잖니, 할아버지는 점점 더 나이가 들고 있어, 피터. 그리고 언젠가, 네가 원한다면……."

볼라는 피터의 오두막을 향해, 과수원 너머 땅을 향해 창밖으로 손을 내밀었다.

"그만하세요."

아줌마가 무슨 말을 하려는지 갑작스레 깨달았다. 할아버지에게 도움이 필요할 때가 올 것이다.

피터가 할아버지를 데리고 와서 이곳에 할아버지를 위한 장소를 마련할 수도 있다. 아주머니가 그걸 말하면 어찌 될지 피터는 알았다. 편안하고 포근한 느낌 그리고 가족의 일원이 되는 걸 상상하기 시작할 것이다. 그러면 자신의 방어막을 내려놓게 될 것이다.

절대로 다시는 그렇게 할 수 없다.

갑자기 볼라 아줌마, 자신이 지은 오두막, 자신이 알아가고 있는 마을, 할아버지 그리고 벤과 다른 사람들, 여기 있는 모든 게 너무 위험하다는 것을 깨달았다.

한 달 떨어져 있다고 이게 해결되지는 않을 것이다. 해결책은 분명했다. 피터는 돌아오지 않을 것이다.

워리어들과 함께 복무하고 나서 홀로 안전하게 옛날 집으로 돌아갈 것이다. 그리고 다시는 이곳으로 돌아오지 않을 것이다.

피터는 뒷문으로 가서 침낭을 움켜잡았다. 부엌으로 들어와 보니 아줌마가 음식 남은 것을 싸고 있었다. 피터가 말했다.

"오늘 밤에는 제 오두막에서 잘게요."

그럴 줄 알았다는 듯이 아주머니가 고개를 끄덕였다. 포일에 싼 파이 한 조각을 건네며 말했다.

"깨어나서 배고플지 모르니까."

피터는 집을 나섰다. 헛간을 지나치자마자 파이를 풀밭으로 휙 던져버렸다.

11

시간이 됐다.

늦은 오후의 햇빛 속에서 팍스는 기지개를 켜며 털을 곤두세웠다. 남쪽에서 바람이 불어왔다. 바람이 체취를 숨겨주고 앞에서 다가올 위험을 경고해 줄 거다. 달도 뜨지 않았으니 어둠이 잘 가려줄 거다. 전날 밤 오리 두 마리를 잡았다. 아직 들판에는 감자가 있고 헛간에도 통통한 쥐가 있다. 그러니 브리스틀과 새끼들은 팍스가 없어도 굶주리지 않을 것이다.

자신이 없는 동안 혹시라도 영역을 침범할 놈들에게 경고하기 위해 냄새를 뿌려놓고 여우굴로 갔다. 새끼들은 깨어서 젖을 먹고 있었다. 요즈음 녀석들은 부쩍 자라서 품에 안으려면 브리스틀이 몸을 길게 뻗어야 했다. 조금 있으면 새끼들이 밖으로 기어나갈 테니 브리스틀이 새끼들을 무리 지어 몰아대면서 위험에 빠지지 않게 할 거다.

팍스는 브리스틀의 뺨에 자기 뺨을 가져다 댔다.

"지금 떠날 거야."

새끼들 한 마리, 한 마리에게 주둥이로 쿡쿡 찌르며 돌아오겠다고 안심시키고 어미 말을 잘 듣고 있으라고 일렀다. 새끼들은 부드러운 코를 들어 올려 아비의 뺨에 입을 맞추었다. 이윽고 수컷 여우 두 마리가 다시 젖을 물었다.

하지만 어린 암컷 여우는 새끼들 사이에서 꿈틀꿈틀 삐져나와 여우굴 입구까지 아비를 따라왔다.

"안 돼. 가만히 있어. 곧 돌아올게."

팍스는 보금자리를 떠났다. 하지만 헛간 모퉁이를 돌기 전에 뒤를 돌아보았다. 딸이 계단 옆에 서서 낮게 비추는 햇빛 속에서 눈을 깜짝이고 있었다. 새끼 중에 가장 털빛이 밝아서 어미만큼이나 밝게 빛이 났다. 녀석은 아비를 향해 귀를 쫑긋 세우고는 총총 걸어 나왔다.

팍스는 다시 달려가 딸의 목덜미를 입에 물고는 여우굴로 데려갔다. 브리스틀이 품에 딸을 안고 앞발로 단단히 움켜잡자 팍스는 다시 몰래 빠져나왔다.

이번에 팍스는 뒤돌아보지 않았다.

팍스는 사람이 떠나버린 농장이 있는 들판을 천천히 지나서 숲으로 들어섰다. 짐승들이 다니는 솔잎 길을 따라 나무 사이를 소리 없이 달렸다. 짙은 어둠이 내리고 흐릿한 별빛조차 없지만 쉽사리 나아갔다. 익숙한 길이었다. 1년 전, 자신과 브리스틀 그리고 런트가 브리스틀이 머무르던 브로드벨리를 떠날 때 반대 방향으로 똑같이 지나갔기 때문이다.

소년이 자신을 버리자마자, 팍스의 눈에 브로드벨리가 처음 들어왔다. 피터가 와서 구해주기를 기다렸다. 누가 와서 구해주지 않으리라는 걸 몰랐기에 기다렸다. 공포와 걱정에 휩싸인 채, 또한 새로운 자유에 대한 기대감으로 그 풍요로운 계곡에서 어디가 좋은 위치인지 살펴보며 며칠을 보냈다. 팍스는 그곳에 남아서 보금자리를 꾸려야 했을지도 몰랐다. 하지만 자신의 소년을 찾아야 했기에 남쪽으로 향했다.

브로드벨리의 늙은 여우 그레이와 함께 강이 흐르는 낡은 공장 터 옆의 물이 잔잔한 곳으로 갔다. 그곳은 바로 전쟁병에 걸린 인간들이 돌아온 곳이자 그레이가 죽은 곳이었다. 브리스틀과 런트가 팍스를 따라왔다. 인간들이 땅을 폭파했기에 그곳에서 런트는 다리 하나를 잃고 브리스틀의 꼬리는 시커멓게 타버렸다.

그리고 팍스의 소년이 돌아온 곳이기도 했다.

그날, 코요테 두 마리가 런트의 핏자국을 따라서 인간들의 캠프 위쪽 빈터로 왔다. 코요테들은 브리스틀을 나무 위로 몰아붙이고 머지않아 런트를 은신처에서 끌어냈다. 팍스가 놈들을 막아내다 지쳤을 때, 캠프 아래에서 소년의 목소리가 들려왔다. 팍스가 도와달라고 울부짖자 피터가 달려왔다. 소년이 코요테를 쫓아주었다.

팍스는 소년과 다시 만나 무척이나 마음이 놓이고 기뻤다. 피터도 그렇다는 걸 팍스는 알았다.

하지만 팍스는 혼란스러웠다. 피터는 이따금 슬픔에 휩싸였다. 그날은 기쁨만큼이나 슬픔이 강했다.

소년이 그 익숙한 장난감 하나를 꺼냈을 때 팍스는 조심스러웠다.

"장난감을 다시 찾아서 짖어."

예전에 그 놀이는 피터가 따라올 것이라는 약속이었다.

하지만 팍스는 지금 그 약속이 거짓말이었다는 것을 알았다.

피터는 장난감을 던졌다.

팍스는 머뭇거리며 뛰어가서 물고 오는 이 놀이를 이해하려 했다. 피터가 멀리 가버렸을 때, 팍스는 이 소년이 자신과 헤어지고 싶어 한다는 걸 느꼈다. 그래서 그 장난감을 쫓아서 가장 빽빽한 덤불 속으로 뛰어갔다.

하지만 그걸 줍지는 않고 그냥 짖어대기만 했다. 오히려 느릿느릿 기어 나왔다.

멀리 숲의 빈터 가장자리로 다친 다리를 질질 끌며 허둥지둥 뛰어가는 소년이 보였다.

팍스는 따라가서 나무 뒤에서 소년의 모습을 지켜보았다. 피터는 절름거리며 내려가다 서두르는 바람에 두 번 넘어졌고, 곧 자기 아빠와 만났다. 두 사람은 오랫동안 꼭 껴안고 있다가 그러고 나서 함께 텐트 안으로 들어갔다.

이윽고 팍스는 몸을 돌려 브리스틀과 런트에게로 돌아와 함께 가족을 이루었다.

그날 오후, 여우 세 마리는 코요테가 들어오기에는 너무 좁은 토굴과 같은 곳에 은신처를 만들었다. 여러 날 동안 안전하게 그곳에서 지친 몸을 달랬다. 런트는 점점 기운을 차리고 다리 세 개로 잘 걷는 법도 익혔다. 브리스틀은 불에 타버린 꼬리털 끝자락을 뜯어내 잘 아물도록 고르게 정리했다.

마침내 런트가 짧은 거리나마 달릴 수 있고 브리스틀의 꼬리에서 더 이상 진물이 흐르지 않자, 브리스틀은 점점 인간과 전쟁으로부터 떨어진 곳으로 더 멀리 가고 싶어 안절부절못했다. 그래서 여우 세 마리는 브로드벨리로 돌아갔다.

그곳에서 그레이의 짝이 이 여우 세 마리를 맞아주었다. 암컷 여우는 한 배에 새끼 여섯 마리를 낳았다. 팍스와 브리스틀이 그레이 대신 먹이를 잡아다 주었다. 그곳에서 살아도 됐을 것이다. 하지만 전쟁병에 걸린 인간들이 점점 바짝 다가와서 팍스는 자기 식구를 이끌고 북쪽으로 멀리 갔다. 두 개의 계곡 너머에 있는 높은 지대의 숲을 지나고, 나지막하고 가파른 바위투성이 땅을 지나 마침내 데저티드팜에 도착했다.

이제 팍스가 그 낮은 골짜기로 들어섰다. 희미한 별빛을 받아 골짜기 바닥에서 실개천이 빛났다. 하늘이 밝아오자 팍스는 그 실개천을 건너고 이윽고 다음 능선을 오르기 시작했다.

태양이 동쪽에서 소나무 위로 솟아오를 무렵 정상에 도착했다. 팍스는 두어 시간 편안하게 잠잘 곳을 찾았다. 폭신폭신한 이끼 더미 위에 자리를 잡았다. 그때 새로운 냄새가 숲에서 흘러나왔다.

불 냄새였다.

넓은 저수지를 에워싼 쇠 난간에 다리를 걸치고 앉으니 짜릿한 기쁨이 밀려왔다. 지금부터 피터는 혼자다. 오늘 밤, 지금 이 순간, 새로운 생활이 시작되고 있었다.

예전에 한 번 이렇게 생각한 적이 있다. 일곱 살이었을 때, 엄마가 돌아가시고 나서 똑같은 건 아무것도 없으리라 생각했다. 하지만 지금 이 터닝 포인트는 달랐다. 이번에는 피터가 미래를 선택하고 있다.

또한 자신의 미래가 좀 더 나아 보이고 암울해 보이지 않기 때문에 달랐다. 피터의 미래는 앞의 저수지처럼 넓고도 깊으며, 비밀스러운 약속으로 가득 찬 듯 보였다. 게다가 피터한테 필요한 걸 제공해 주는 전초기지가 뒤에 든든히 버티고 있는 것처럼 보였다. 의식주를 제공해 주고, 할 일이 있고, 적당한 거리에 사람들이 있었다.

두어 시간 전, 담당 병사가 잘 왔다며 환영의 악수를 했다. 그 순간부터 이곳은 안전한 느낌이 들었다.

오는 길 자체는 힘들었다. 돌아가지 않을 거라는 말은 볼라 아주머니에게 하지 않기로 했다. 그 대신에 옛날에 살던 집으로 가면 편지를 쓰기로 했다. 비겁한 건지, 친절한 건지 자신도 모르겠다.

두어 번, 피터는 볼라 아주머니를 흘끔 쳐다보며 다시는 보지 못하겠구나 생각했다. 한순간 마음을 바꿀 뻔했지만, 그 마음을 깨지는 않았다. 언젠가 아주머니가 말한 적이 있었다.

"내가 너한테 가족처럼 느껴지지 않을지도 몰라, 피터. 하지만 너는 내 가족과 같아. 네가 그것을 바꿀 수는 없어. 그러니까 받아들이는 게 나아, 알겠니?"

피터는 목이 메어왔다. 대답하지 않았다. 거짓말 같았다. 전초기지에 차를 댔을 때, 아주머니가 다시 충고했다.

"기회가 있을 때마다 컵을 채워라."

그리고 그 말이 단지 물에 대한 이야기만은 아니라는 걸 이해하자 눈물이 솟아올랐다. 하지만 꾹 참고 트럭 문을 열었다.

그리고 나서 볼라 아주머니는 돌아갔다. 피터는 신병 막사로 걸어 들어갈 때 마치 중력이 제대로 작용하지 않는 것 같은 느낌이 들었다.

약간 어리둥절한 상태에서 캠프 오리엔테이션을 했다. 막사와 일하는 곳을 한번 훑어보고, 해야 할 임무를 보여주는 영화 한 편을 보았다. 팀에 대한 안내 책자도 한 권 받았다. 모두가 청소와 식사 준비를 했다. 그리고 내일 공공 기반 시설, 의사소통, 생태계 중 하나에서 할 일을 고르기로 했다.

식사를 하고 줄지어 늘어선 막사 끝자락 침대 아래쪽에 짐을 챙겨놓았다. 이제 남은 일은 담당 병사가 제안했듯이 "다른 주니어 워리어들을 서로 알아가는 것"이었다. 그래도 그건 명령은 아니었다.

피터는 철책 너머 시커먼 물을 내려다보며 뒤에서 들려오는 웅얼거리는 목소리에 귀를 기울였다. 가끔 사람들이 즐겁게 웃음을 터뜨리기도 했다. 그런데 문득 놀랍게도 설탕 탄내가 났다.

피터는 휙 몸을 돌려 모닥불을 둘러싸고 모여있는 사람들, 그러니까 '부대원들'을 살펴보았다. 그렇게 불러야 했다. 대부분 낡은 군복을 입었다. 남자와 여자가 반반 고르게 있고 연령도 다양하다. 피터는 다른 주니어 워리어 세 명이 같이 앉아 자기들끼리 뭔가를 건네는 것을 보았다. 부대원 두 사람의 시선이 피터와 마주쳤다. 여자 한 명 그리고 남자 한 명이었다. 아마도 열아홉 아니면 스무 살쯤 되어 보였다. 앉아있는 모습에서 어쩐지 두 사람이 사귀고 있는 것 같다는 느낌을 받았다.

피터는 다시 그 달달한 설탕 냄새를 맡았다. 입에 침이 고였다.

피터는 자리에서 일어났다. 담을 따라 걸어가서 땅바닥에 발

을 내딛었다. 거기에서 잠깐 생각하고 나서 작정했다. 그 무리에
끼긴 하겠지만 말은 하지 않겠다고.

이제 두 사람이 확실히 커플이라는 것을 알았기 때문에 그
여자와 남자가 앉아있는 통나무를 골랐다. 남자의 손이 여자의
무릎 위에 올라가 있었다. 서로 사귀고 있는 사람들은 피터에게
관심을 좀 덜 가질 거 같다.

여자는 검은색 풍성한 곱슬머리 위로 꽃무늬 스카프를 둘렀
다. 피터가 털썩 주저앉자 여자가 웃어 보였다.

여자 옆에 앉은 남자가 앞으로 몸을 내밀었다. 새로 이발을
했고, 목에는 문신이 있었다. 남자는 한쪽 손을 뒤집고 나서 다
시 불로 가져갔다.

여자가 피터에게 마시멜로 봉투와 쥐고 있던 나뭇가지를 건네
며 말했다.

"선물 받은 거야. 가는 곳마다 만나는 사람들이 퍽 후하게 대해줘. 물을 되살리는 일을 무척 고마워하거든. 마지막으로 지나간 마을에서 한 노부인이 우리한테 주신 거야. 새뮤얼하고 나는 언제나 야외에서 야영을 하거든."

새뮤얼이라는 남자가 몸을 뒤로 젖히고는 말했다.

"제이드하고 나는 선발대야. 그 부인이 그러시더라고. 손자가 전쟁터에 있는데 손자가 제일 먹고 싶어 하는 게 마시멜로라네."

제이드가 이어 말했다.

"사람들은 온갖 것을 주려고 하지. 보석, 전쟁터에서 잃어버린 가족의 기념품까지. 우린 아무것도 받을 수가 없어. 음식만 빼고."

누군가 한 남자가 말 한 마리를 주려고 했다는 이야기를 했다. 그러고 나서 이 무리 건너편에 앉은 여자가 군대 텐트에 들어온 주머니쥐 이야기를 꺼냈다. 피터는 익어가는 마시멜로를 멍하니 지켜보았다. 잘 익었을 때 먹었다. 겉은 바삭하지만 속은 쭉쭉 늘어질 만큼 쫄깃쫄깃했다. 또다시 피터는 자신의 미래가 마음에 들어 보였다. 이렇게 그냥 괜찮게 살 수 있다.

그런데 문득 그 제이드라는 여자가 모든 것을 망쳐놓았다.

"지난주에 여우 가족을 봤어."

피터의 몸이 뻣뻣하게 굳었다.

"어미하고 아비하고 새끼 여우 세 마리. 진짜 귀엽더라."

피터는 청바지에 손을 쓱 훔치고는 옆에 있는 바위에 나뭇가지를 놓았다. 피터가 물었다.

"어떻게 생겼어요? 제 말은…… 어미하고 아비 여우요?"

피터는 자기 목소리가 떨리는 걸 아무도 알아차리지 못했으면 싶었다.

"어떻게 생겼냐고? 다 비슷하게 생기지 않았겠어?"

새뮤얼은 반문하더니 손가락에 묻은 마시멜로를 핥아먹었다.

"그렇죠, 맞아요."

피터는 무릎을 세우고는 가슴으로 꼭 끌어당겼다. 묻지 말걸 그랬다.

제이드가 말했다.

"아니야, 새뮤얼."

그러더니 피터를 향했다.

"저수지 너머에 있었어. 그래서 쌍안경으로 지켜보았지. 그래도 뭔가 좀 생각나네. 둘 중 한 마리는 꼬리가 희한했어. 털이 풍성하지 않더라고, 채찍처럼. 꼭 털이 벗겨진 것처럼 말이야."

피터의 심장박동이 빨라졌다. 팍스를 마지막으로 보았을 때 함께 있던 짝은 암컷 여우였다. 암컷 여우는 기다랗고 자그마한 얼굴에 털은 구릿빛이었다. 그런데 꼬리는 불에 탄 것처럼 보였다. 피터는 관심 없는 척 태연하게 물었다.

"다른 녀석은요? 어떻게 생겼는지 기억나세요?"

"미안."

제이드가 말했다.

정말 미안해하는 것 같았다.

"난 어린 새끼들한테 집중하고 있었거든. 확실히 녀석들은 물을 처음 보는 것 같더라고. 생애 처음으로 물을 보면 어떨까?"

제이드는 몸을 돌려 별빛 아래 희미하게 일렁이는 저수지를 바라보았다.

"물. 마법, 안 그렇겠어?"

같이 모여있던 사람들이 조용해졌다. 이제 모두 제이드에게 귀를 기울이고 있었다.

"곧 물속에 들어갔어. 우리하고 아주 똑같았어. 인간 아이들처럼 말이야. 무슨 말인지 알지? 처음엔 물을 무서워하는 것처럼 보였어. 그런데 문득 호기심이 생긴 거야. 쿵쿵 냄새를 맡기 시작하더니 발을 담그고는 뒤로 펄쩍 물러나더라고. 곧장 난리법석을 떨면서 물속에서 첨벙거리며 서로를 쓰러뜨리고. 그러다가 자리를 잡고 앉아 물을 마셨어. 난 생각했지. 녀석들이 처음으로 여기 온 게 다행이라고. 여기는 이제 꽤 깨끗하잖아."

피터가 물었다.

"꽤 깨끗하다고요?"

"여우들이 마셔도 죽지 않을 만큼 깨끗하지. 우리가 독소를 제거했으니까. 이제 남은 일은 생태계를 복구하는 거야."

제이드는 마시멜로 봉지를 가리켰다. 피터는 고개를 저었다. 지금 당장은 아무것도 삼킬 수가 없었다.

제이드가 스카프 자락을 빙글빙글 꼬면서 말을 이어갔다.

"참 웃겨. 새뮤얼과 나는 지금 이 일을 넉 달째 해오고 있어.

항상 똑같아. 물이 엉망이 된 곳을 찾아가서 물을 깨끗하게 정화하고 아래로 흘려보내. 계속해서 말이야. 있잖아, 게다가 사람들이 다시 돌아오고 있어. 그 말은 나중에 이 지역 동물들이 살아남을 거라는 뜻이야. 당연히 그건 대단하지. 그래도 이번에는 정말이지 처음으로 실제로 느꼈어. 그 여우 가족 때문에 우리가 하고 있는 일을 실감한 거야. 이제 그 새끼 여우들이 내 자식 같다니까."

새뮤얼이 쿡 웃음을 터뜨렸다.

"마치 네가 여우를 가지기라도 할 것처럼 얘기하네."

"저도 예전에 한 마리 키웠어요."

피터가 차분하게 말했다. 목구멍이 옥죄어 왔다. 두 손을 꽉 움켜잡았다. 진정되자 이어 말했다.

"그래도 제가 가졌던 건 아니에요. 그건 제대로 된 표현이 아니에요."

피터는 제대로 된 표현을 알았다. 사랑. 피터는 팍스를 사랑했고 팍스는 피터를 사랑했다. 하지만 그 말을 차마 내뱉지는 않았다.

"제가 길들였어요."

피터 양쪽에 있던 다른 사람들도 이야기에 끼어들어 자기들이 키우는 동물 이야기로 넘어갔다.

하지만 피터는 거기에 끼지 않았다.

이 부대는 지금 피터가 팍스를 마지막으로 떠나온 곳에서 북쪽으로 고작 80킬로미터 떨어져 있다. 그리고 그 80킬로미터는 여우에게 아무것도 아니었다. 꼬리에 상처를 달고 다니는 여우가 얼마나 있을까? 이 두 사람이 보았다는 여우가 그 암컷 여우와 팍스면 어쩌지? 그렇다면 이제 새로 낳은 새끼들이 있다는 뜻이다.

피터는 저절로 새끼 때의 팍스가 떠올랐다. 여우굴에서 그 둥그런 털 뭉치를 들어 올리던 순간을 생각했다. 팍스의 빠르고 강한 심장박동이 피터의 맨투맨 셔츠를 통해 배까지 충분히 전해졌다.

피터는 시선을 거두어 옆의 어두운 숲을 쳐다보았다. 심장이 빠르게 뛰었다. 정말로 이 두 사람이 본 여우가 맞을 수도 있다. 팍스와 가족은 여기에 살고 있을 수 있다.

그러자 다시 우울해졌다. 이제 매순간 팍스를 떠올릴 거다. 이제 숲속에서 오렌지빛 주황색이 한 번이라도 움직이는 걸 볼 때마다 심장이 들썩였다가 와르르 무너져 내릴 거다. 하루에 백 번 속죄를 했지만 전혀 효과가 없었다.

"저희 언제 떠나요?"

이야기를 나누고 있는 제이드와 새뮤얼에게 물었다.

새뮤얼이 어깨를 으쓱해 보였다.

"대부분의 팀은 일주일 있으면 여기 일이 끝날 거야. 어쩌면 열흘 정도."

일주일, 어쩌면 열흘은 너무 길었다.

"누군가는 남아서 저수지에 새로 종자를 뿌릴 거야. 물고기, 조개, 수중식물 같은 거 말이야. 보통 그 일을 하는 데 또 한 주 정도 걸려. 그러니까 지금부터 2주 안에는 다 끝난다는 말이지."

제이드가 덧붙였다.

2주는 도저히 못 기다릴 거 같다.

"선발대라고 하셨죠? 먼저 가시잖아요, 언제 떠날 거예요?"

새뮤얼이 대답했다.

"내일, 하지만……"

"저도 같이 갈게요. 형 팀에 들어갈게요."

제이드가 말했다.

"안 돼, 넌 그럴 수 없어. 우리는 주니어들은 받지 않아. 우리 일은 힘들거든."

"지난 한 해 동안 전기도 없는 오두막에서 살았어요. 장작에 음식도 익힐 수 있고, 나침반도 쓸 줄 알고, 태양증류기도 세울 수 있어요. 전부 다……"

제이드는 한순간 머뭇거렸다. 이윽고 고개를 저었다.

"아니, 오두막에 사는 것과는 달라. 우리가 가는 곳은 말이지, 꽤나 험악한 곳이거든. 특별한 기술이 필요해. 우리는 꼭 필요한 것만 가지고 가볍게 가야 해."

"하지만 저, 가야 한단 말이에요!"

피터는 자리에서 일어서며 팔짱을 꼈다.

"제발요. 제가 거기 땅을 알아요. 제가 거기에서 왔어요. 작년에 거기에 간 적이 있어요. 서쪽에 있는 절벽에서 시작해서 숲을 통과해 부대가 주둔해 있던 강가 폭포 옆의 낡은 공장 터까지 거의 60킬로미터를 넘게 갔어요. 그것도 혼자서……."

새뮤얼이 엄하게 말했다.

"안 돼, 제이드하고 나는 주니어 대원은 데리고 가지 않아."

"혼자서 목발을 짚고서요."

새뮤얼과 제이드 둘 다 피터를 쳐다보았다. 새뮤얼이 물었다.

"목발을 짚고서?"

"발을 다쳤어요. 거의 60킬로미터를 걸었어요. 야영도 하고, 저 절벽을 기어오르고, 저 강을 건넜어요. 목발을 짚고서요."

새뮤얼이 어쩔 수 없다는 듯 두 손을 들어 올렸다. 제이드는 씩 웃음을 지으며 말했다.

"잠 좀 자둬. 동이 트면 떠날 테니까."

13

팍스는 산마루 꼭대기에 자리를 잡고서, 거의 300미터쯤 아래쪽의 불이 난 풍경을 내려다보았다. 골짜기 근처 타원형 테두리를 따라서 불꽃이 이글거렸다. 불이 자그맣게 식식거리며 풀밭을 태워갔다. 괴물이 달아나며 내지르는 듯한, 쩍쩍 갈라지는 괴성은 들리지 않았다. 하지만 연기에 숨이 턱 막혔다. 잠시 후, 한 남자가 소리치자 또 다른 남자가 답하는 소리가 들렸다. 연기 사이로 인간의 냄새를 맡지는 못했었다. 그렇다고 인간이 거기에 있어서 놀란 건 아니다. 인간들은 종종 불과 관련이 있으니 말이다.

팍스는 몸을 웅크리고는 바짝 들여다보았다. 마침내 남자 둘을 알아보았다. 불꽃 저 멀리 남자 두 명이 더 있었다. 팍스는 마음이 놓였다. 불은 온 힘을 다해 인간들을 위해 봉사했다. 그리고 인간들은 자기들 의지대로 불을 막을 수 있었다. 팍스는 종종 소년이 흐르는 물에 불을 넣어서 끄는 모습을 지켜보았다.

인간들은 불을 금세 막을 거다. 언제나 그랬다. 사람들이 언덕 위로 불을 보낸다면, 팍스는 능선을 따라서 강을 찾아 떠날 것이다. 불이 강까지 따라올 수 없다는 걸 알고 있으니까. 하지만 지금은 쉬면서 배를 채울 거다.

팍스는 공기가 맑은 언덕 위로 다시 나아갔다. 쓰러진 소나무 껍질을 할퀴어 유충을 잡아먹었다. 그러고 나서 여전히 갈색 솔잎이 빽빽한 소나무 가지 사이에 몸을 숨겼다. 깊숙이 안으로 들어가서 얼굴만 밖으로 내밀었다. 거기에서 불이 꺼질 때까지 기다렸다가 다시 남쪽으로 계속 움직일 거다.

오후 중반까지 잠은 자지 않고 쉬었다. 밖을 내다보니 인간들이 서쪽으로 움직이고, 불도 인간들과 함께 움직이는 걸 알 수 있었다. 이제 팍스 바로 아래 시커멓게 탄 땅에 깜빡이는 불꽃만 보였다. 배를 깔고 기어서 언덕 아래로 내려왔다.

시커멓게 변한 그 타원형 가장자리로 나아가자 땅이 점점 따뜻해졌다. 여기저기 덤불에 여전히 불꽃이 남았다. 공기에서는 풀이 탄내와 불에 그슬린 흙냄새가 났다. 또한 구운 고기 냄새도 났다. 불에 탄 쥐도 무수히 만났다. 그런 것들은 그냥 못 본 체했다. 하지만 불에 살짝 그슬린 구멍 속에서 자고새 알 한 무더기를 찾았을 때는 그 알을 먹었다. 속이 따뜻했다. 축축하지 않고 놀랄 만큼 단단했다.

팍스는 그 지역 한가운데를 향해 더 과감하게 나아갔다. 그곳 땅은 더 뜨거웠다. 바싹 마른 씨앗 주머니가 앞에서 톡톡 터지는 바람에 팍스는 놀라 펄쩍 뛰었다. 허둥지둥 달아나다가 검게 그을린 나뭇가지에 뒷발을 데고 말았다.

서둘러 언덕을 다시 올라가서 소나무 몸통 뒤에 숨어 발을 핥았다. 연기를 맡지 않으려고 꼬리로 주둥이를 감싸고 눈을 감았다. 서늘한 어스름에 다시 건너가야겠다.

이번에는 밖으로 나가기 전에 능선 위로 올라가서 닥칠지도 모를 위험을 살펴보았다. 아무것도 보이지 않았다. 전날 밤, 지나가는 내내 포식자의 흔적은 전혀 보이지 않았다. 하지만 발이 다 나을 때까지는 여느 때처럼 빠르게 가지 못할 것이다. 좀 더 조심해야 할 거다.

능선 뒤쪽의 공기는 맑았다. 언덕 저 멀리 자작나무 사이로 낮게 드리운 햇빛이 세차게 내리치는 비처럼 쏟아졌다. 햇빛은 캐노피를 흠뻑 적시고 나뭇가지를 타고 내려가서 나뭇잎에 환하게 뚝뚝 떨어져 내렸다. 연파랑 나비 떼가 숨을 쉬듯 오르락내리락 날았다.

한동안 팍스는 놀랄 만한 것은 아무것도 보지 못했다. 다시 불에 덴 발을 핥고 떠날 채비를 했다. 그때 자작나무 아래 덤불 속에서 살짝 떨고 있는 무언가가 눈에 들어왔다. 팍스는 멈칫했다.

그 움직이는 것을 따라 덤불 속으로 갔다. 하늘하늘 움직이

는 풀만 보였다. 그러니까 이 침입자는 너무 작아서 공포의 대
상은 아니었다. 아마도 조심성이 없는 토끼, 아니면 저녁 사냥을
나온 서툰 스컹크 한 마리일 거다.

팍스가 지나왔던 휑한 곳에서 그 동물이 불쑥 튀어나왔다.

팍스는 펄쩍 뛰어오르며 놀랍고도 반가운 마음으로 나아갔
다. 언덕을 전속력으로 달려가 개울 바닥을 건너서 자신의 새끼
여우에게 헉헉거리며 다가갔다.

팍스가 다가가자 새끼 여우는 걸음을 멈추었다. 새끼는 주저
앉아서 마치 자신을 맞아주길 바라는 것처럼 고개를 들었다.

"아빠가 우리를 떠났어."

팍스는 이 조그마한 새끼를 샅샅이 살펴보았다. 흙을 뒤집어
쓴 채 숨을 헐떡이고 있었다. 그래도 다친 곳은 없었다. 팍스는
몸을 곧추세우고는 귀를 앞으로 내밀고 꼬리를 쭉 뻗었다.

"나를 쫓아오면 안 돼."

팍스는 새끼에게 집에 남아서 어미 말을 잘 들으라고 다시 한
번 일렀다.

새끼는 아비 앞에서 몸을 납작 엎드렸다.

"아빠는 멀리 갔잖아."

그러더니 발 위에 턱을 올려놓았다.

팍스는 어린 여우가 혼자서 길을 가다가 마주칠 수 있는 위험
을 경고했다. 아주 많았다. 팍스는 새끼 여우를 꾸짖었다. 그러
는 내내 새끼는 잠자코 얌전히 있었다.

마침내 팍스가 몸을 낮게 움츠렸다. 비로소 새끼는 아비의 화가 풀렸다는 것을 알았다. 팍스가 뺨을 핥아주자 새끼는 눈을 감고는 낑낑거리며 몸을 둥글게 말았다.

팍스는 잠이 든 딸을 입으로 집어 들었다. 능선으로 다시 올라갈 때 주둥이에서 대롱대롱 흔들리긴 했어도 잠을 깨지는 않았다. 팍스는 쓰러진 소나무, 구부러진 나뭇가지 속에 딸을 숨겼다. 새끼는 꿈틀대지 않았다. 팍스가 옆에 자리를 잡고 그 작은 대가리 위에 턱을 대도 새끼는 잠이 든 채 가르랑거리기만 했다.

팍스는 새끼 주위로 꼬리를 말았다. 새끼가 쉬고 나면, 여우 굴에 있는 브리스틀에게 돌려보낼 것이다. 얌전히 기다리고 있으라고 좀 더 엄하게 야단을 칠 거다. 하지만 지금은 그저 편안히 감싸주기만 했다.

첫날, 10킬로미터 정도밖에 가지 못했다. 정말 힘든 10킬로미터였다. 이쪽이든 저쪽이든 땅을 건널 수 없을 때마다 청미래덩굴을 뒤지고 풀이 무성한 습지대를 오르락내리락하며 강을 건넜다. 그 무거운 짐을 전부 짊어지고 갔다.

각자의 옷과 캠핑 장비에다가 피터의 배낭에는 아빠의 유골이 든 상자도 있었다. 걸어갈 때마다, 상자가 피터 등을 쿵쿵 두드려서 마치 격려를 보내는 손길처럼 느껴졌다.

저 멀리서 동이 트자, 네 시간을 곧장 걸어 모두 같이 첫 번째 검사 장소로 갔다. 강은 마치 급한 일이라도 있는 것처럼 바로 옆에서 콸콸 흘러내렸는데 어찌나 시끄러운지 제대로 말하기도 힘들었다. 이렇게 거친 지역에서는 어쨌거나 누구도 말을 많이 할 기운이 없었다. 오히려 피터한테는 그게 더 잘 맞았다. 그래도 이 두 동료에 대해 많은 것을 알았다.

피터나 새뮤얼보다 제이드는 훨씬 더 걸음이 빨랐다. 마치 이 모든 것이 놀이인 것처럼 숨죽여 흥얼거리며 장애물을 가볍게 뛰어넘었다. 이따금 제이드가 멈출 때마다 피터는 제이드의 시선을 따라갔다. 어두운 숲을 배경으로 무척이나 환하게 불꽃처럼 빛나는 찌르레기, 강의 물안개와 영롱하게 엮인 거미줄, 동화에서 곧장 튀어나온 것 같은 분홍색 독버섯 등 제이드의 시선이 머문 곳에는 피터가 놓치고 싶지 않은 무언가가 있었다. 그렇지만 새뮤얼은 무슨 기계처럼 고개를 푹 숙이고 앞쪽으로 나아갔다.

한번은 피터가 새뮤얼의 팔을 잡고는 말했다.

"조심하세요. 딱 이런 곳에서 제 발목이 부러졌어요."

그러면서 진창길을 가리켰다.

"진흙 아래 뿌리가 묻혀있어서 안 보이거든요. 미끄러워요."

피터는 비옷을 꺼내 그곳 위로 펼쳤다.

"이걸 이용하면 좀 더 안전할 거예요. 오늘 밤 강에서 이걸 씻어내면 돼요."

첫 번째 검사 장소에서 캠프 탁자를 펼치고 장비를 차렸다. 새뮤얼이 표본에 라벨을 붙이는 방법을 설명해 주었다. 그때 피터가 자리에서 일어나며 말했다.

"연기 냄새가 나요."

제이드도 고개를 끄덕였다.

"또 다른 워터 워리어 부대원들이야. 계곡을 따라서 전부 다 샛강이 오염됐거든. 부대원들이 여기저기 퍼져서 자라는 풀에 불을 놓고 있어. 그러고 나서 여기서 자라는 자생식물 씨앗을 뿌릴 거야."

자신들 외에도 다른 부대원들이 주변 환경을 바로잡고 있다는 것을 알고 나니 기분이 좋았다. 피터는 자신도 뭔가 크고 중요한 일의 한 부분인 것처럼 느껴졌다.

이윽고 강물, 샛강 그리고 침전물 세 가지 작업 담당을 제비뽑기로 정했다. 샌드위치로 후다닥 점심을 때우고 탁자와 장비를 챙겨서 다시 길을 나섰다.

한동안 저 아래 비탈로 나아가다가 모두 갑작스레 멈추어 섰다. 옆으로 암벽이 쏟아져 내려서 건너가기에는 너무 아슬아슬했다.

"검사 장비가 젖으면 안 되는데."

새뮤얼이 좁고 깊은 강을 우울하게 내려다보며 말했다. 무너져 내린 바위 위로 물이 성난 듯 쏟아져 내렸다.

"위험을 감수할 수는 없어. 돌아가야겠어."

"아니면…… 잠깐만요."

피터는 주위를 둘러보다가 마침내 자신이 바라던 뭔가를 찾아냈다.

제이드가 피터에게 물었다.

"뭐가 그렇게 웃겨?"

피터는 강 옆에 몸통이 하얀 나무가 늘어선 곳으로 걸어가더니 가장 높은 나무 위로 기어오르기 시작했다.

"자작나무 구부리기요."

거의 꼭대기에 다다랐을 즈음 아래를 향해 외쳤다. 이윽고 두 손으로 부드러운 줄기를 감싸 안고 몸을 아래로 쓱 구부렸다. 나무가 아래로 아래로 휘어 강 위로 활처럼 둥글게 굽어서 부드럽게 건너편 쪽에 닿았다.

피터는 나무에서 내린 다음 나무를 다시 위로 세웠다.

제이드는 팔을 높이 들어 올리고 손뼉을 부딪치며 놀라워했다. 이윽고 배낭 줄을 단단히 조이고 나무로 조금씩 나아갔다. 자작나무는 마치 특별한 걸 옮기고 있다는 것을 아는 것처럼 가볍게 제이드를 내려놓았다. 새뮤얼 차례가 되었다. 새뮤얼은 나무를 타고 올라가 휙 넘어가면서 얼굴에 퍼지는 웃음을 감추지 못했다. 그 모습을 보니 갑작스레 새뮤얼이 피터 또래의 소년처럼 보였다.

그리고 그 뒤로 뭔가 달라졌다. 남은 길을 가는 동안, 피터는 자신이 그저 강아지처럼 졸래졸래 워터 워리어 전사를 따라가고 있지 않다는 느낌이 들었다. 단지 저들이 가는 길이며, 저들만의 의무도 아니라는 생각이 들었다. 자신도 저들 중 하나이며 동등하게 나아가고 있다는 생각이 들었다.

두 번째 검사 장소에 도착했을 때 표본을 채취하고 자료를 일지에 기록한 다음, 피터가 잘라온 마른 나뭇가지로 불을 피웠다. 곧 불 위에서 스튜가 보글보글 끓었다.

피터는 불을 등지고 바위에 앉아서 강 위로 떨어지는 어스름을 지켜보았다. 수목한계선 위로 별 하나가 비추더니 그러고 나서 또 하나, 또 하나가 총총 떴다. 공기에서 연기 냄새가 났지만, 이끼 냄새를 비롯해 뭔가 비밀스러운 것들도 가득했다. 피터는 피곤하고 온몸이 다 아팠다. 그래도 정신은 초롱초롱 맑았다. 밤의 일부가 된 것 같았다.

새뮤얼이 그릇 세 개에 스튜를 담아서 숟가락과 함께 건넸다. 피터는 두 사람을 향해 몸을 돌렸다. 제이드가 빵 조각을 피터에게 건넸다. 자기 빵을 반으로 접어 뜨거운 스튜에 적시는 것을 보고 피터도 똑같이 따라 했다.

잠시 뒤 새뮤얼이 말했다.

"내일은 좀 쉬운 코스야."

새뮤얼이 자리에서 일어나 그릇과 숟가락을 거두며 말했다.

"적어도 11킬로미터는 갈 거야. 어쩌면 16킬로미터일지도 모르고. 그건 그렇고, 그거 오늘 대단했어. 자작나무 구부리기 말이야, 멋졌어. 녀석!"

피터는 어두워서 다행스러웠다. 얼굴이 붉어지는 것 같았다. 자리에서 일어나 두 사람 침낭 건너편으로 가서 자기 침낭을 펴고 기어들어 갔다. 이윽고 피터는 그 말을 되새겨 보았다.

"멋졌어, 녀석!"

새뮤얼의 칭찬은 매우 큰 의미가 있었다. 새뮤얼은 단어를 돈처럼 생각하는 것 같았다. 아주 아껴서 사용했다. 할아버지도 새뮤얼의 그 말을 들을 수 있으면 좋겠다. 아버지도…….

피터는 손으로 목을 더듬었다. 그러고는 새로이 딱딱하게 솟은 후두를 만져 보았다. 지난여름, 갑작스럽게 목소리가 달라져서 당황스러웠다. 하지만 지금은 목소리가 굵게 들리는 게 마음에 들었다. 그것이 갖는 의미도 마음에 들었다. 어른에 좀 더 가까워지고 있었다.

그리고 사실 올해 몸이 전체적으로 다부지게 변하고 있었다. 손바닥에는 굳은살이 생겼고, 봄에 목발을 짚고 다니고 난 다음부터는 어깨에 힘도 생겼다. 볼라 아주머니와 함께 여름 밭일을 하느라 어깨도 쩍 벌어졌다. 팔과 다리는 오두막을 짓는 6개월 동안 튼튼해졌다.

속죄를 할 때 이따금 심장 한가운데가 굳어지는 느낌도 들었다. 마치 조약돌을 삼킨 것처럼, 그것은 고동치는 근육 한가운데 자리를 잡았다.

하지만 혼자 살아가려면 훨씬 더 강인해져야 했다.

피터는 심장 한가운데 정말로 돌멩이가 있다고 생각하면서 가슴에 주먹을 대고 밀었다. 그리고 생각했다.

'바위가 돼버려.'

15

인간 목소리에 팍스는 즉시 잠이 깨 바짝 긴장했다.

새끼 암컷이 팍스의 앞다리 사이에서 몸을 웅크리고 있었다. 팍스는 새끼 여우가 깨지 않도록 살며시 몸을 빼내고는 살금살금 기어 나와 계곡을 유심히 내려다보았다. 아침나절의 태양이 불에 타버린 초원을 비추었다. 불어오는 바람도 없고 인간의 흔적도 보이지 않았지만, 다시 목소리가 들려왔다.

팍스는 능선 꼭대기로 올라가서 저기 북쪽을 살펴보았다. 저 아래쪽에 그 인간들이 돌아왔다. 선명한 초록색 조끼를 입고 샛강에 옹기종기 모여 있었다. 남자들이 큼지막한 깡통을 들어 올렸다. 팍스는 사람들이 샛강 양옆으로 두 명씩 널리 퍼지는 모습을 지켜보았다. 풀밭에 몸을 숙인 뒤 작은 불꽃을 일으키고는 서쪽으로 길을 따라 걸어가면서 불을 더 많이 피웠다. 불은 딱딱 소리를 내면서 샛강 양쪽의 풀밭으로 달려들어 팍스와 새끼 여우가 집으로 가는 길을 막아버렸다.

팍스는 허둥지둥 돌아가서 새끼를 깨웠다. 새끼를 능선 위쪽으로 데리고 가서 함께 납작 몸을 웅크렸다.

"불이야. 저 냄새를 알아둬."

어린 암컷 새끼는 코를 킁킁거렸다. 구불구불 불어오는 연기에 눈을 꾹 감았다.

"불에서 달아나야 해. 불은 언제나 굶주려 있어. 인간들이 길을 들였을 때도. 저것처럼."

새끼가 계곡을 쓱 훑어보았다. 이윽고 눈을 휘둥그레 떴다.

"저게 인간이에요?"

팍스는 인간의 선명한 몸 색깔에 깜짝 놀라는 새끼를 보았다.

"인간은 자신들을 숨길 필요가 없어. 인간은 먹이가 되지 않으니까. 항상 저렇게 초록색도 아니야."

팍스는 피터가 온종일 몸피를 붙이거나 벗겨내곤 했던 것을 떠올렸다.

"색깔로 인간을 알 수는 없어. 인간은 마음대로 껍질을 벗어."

새끼가 아비의 다리 아래로 다시 움츠리며 말했다.

"위험해."

팍스는 그 남자들을 내려다보았다. 남자들은 이제 함께 서서 자신들이 피운 불을 지켜보았다. 팍스가 자유롭게 살아오던 해에 자신만큼이나 인간을 좋아하는 다른 여우를 만난 적이 없었다. 하지만 대부분은 인간들과 함께 편안하게 산다는 것을 알았다. 인간에 대한 브리스틀의 공포는 유별났다. 하지만 그럴 만도 했다. 브리스틀은 인간에게 자기 부모와 여동생을 잃었다. 꼬리 털도 잃었다. 남동생은 브로큰힐에서 인간들한테 다리 하나를 잃었다.

브리스틀은 자신이 깨달은 바를 새끼들에게 가르쳤다.

팍스는 확인해 주었다.

"위험해, 떨어져 있어. 우리는 지금 떠나야 해. 왔던 길로 되돌아갈 수는 없어. 강이 흐르는 동쪽으로 갈 거야. 능선 옆으로 해서 강을 건널 거야. 그러고 나서 그 강을 따라서 집으로 돌아가는 거야."

"강?"

"끝없이 흐르는 물이야. 거대한 바람처럼 흘러가. 강은 남쪽 저수지에서 브로드벨리 너머로 이어져. 일단 그 강까지 가고 나서 저수지로 올라갈 거야. 그러면 불에서 안전할 거야. 불은 물을 건너지 못하거든."

팍스는 이것을 확신했다. 전쟁병에 걸린 인간들이 땅을 폭파하던 곳의 불꽃은 매번 강에서 멈추었다.

"물은 언제나 불을 이겨. 그리고 불은 그렇게 물의 영역을 존중해."

처음에 새끼 여우는 팍스의 편안한 발걸음을 따라잡으며 그

짧은 다리로 아비 뒤에서 종종걸음을 쳤다. 하지만 바위, 떨어진 나뭇가지 그리고 풀로 뒤덮인 언덕을 기어올라야 했다. 팍스는 쉬지 않고 계속해서 나아갔다. 새끼는 먹을 만한 게 있으면 무엇이든 멈추어서 코를 킁킁거렸다.

팍스는 토끼 굴 냄새를 맡았다. 새끼에게 숨어서 꼼짝도 하지 말라고 일러놓고 그사이 먹이 사냥을 했다. 아비가 새끼 앞에 토끼를 툭 떨어뜨렸지만, 새끼는 그저 코로 쿡 건드려보고 기대를 품고 고개를 쓱 들기만 했다.

팍스는 브리스틀이 새끼들을 어떻게 먹이는지 떠올렸다. 브리스틀이 하던 대로 부드러운 뱃살을 물어뜯어서 다시 건네주었다. 새끼는 옆구리가 불룩해지도록 먹이를 게걸스럽게 먹어치웠다.

둘은 다시 출발했다. 이번에는 걸음이 조금 더뎠다. 해가 지자 어린 여우는 지쳐서 휘청거렸다.

세 번이나 팍스가 새끼의 목덜미를 물어서 들고 험난한 지역을 옮겨주었다. 그럴 때마다 새끼는 분해서 아비가 내려줄 때까지 짖어대며 발버둥을 쳤다. 초승달이 뜰 즈음 새끼는 비틀거렸다. 팍스도 피곤했다. 좀 쉴 만한 곳이면서 몸이 덜 드러나는 장소를 찾아 능선 위를 올려다보았다. 가파른 절벽 바닥 쪽에 평편한 관목이 깔려있었다. 둘은 방향을 아래로 잡고 자갈이 깔린 비탈을 미끄러지듯 내려갔다. 팍스는 비탈 아래 절벽 안쪽에서 아주 편안한 굴을 찾아냈다.

그곳은 두 마리의 여우를 잘 보호해 주었다. 혹시라도 침입자가 내려와 바닥에 쌓인 자갈을 밟는다면 그 소리에 잠이 깰 거다. 적이 앞에서 다가온다면, 바싹 마른 나뭇가지의 바스락거리는 소리가 경고 신호를 보낼 것이다. 먹잇감이나 포식자의 냄새는 나지 않았다. 사실 동물의 냄새가 전혀 나지 않았다. 그래도 불안했다.

팍스는 그 굴에서 몸을 이리저리 돌려가며 자리를 잡았다. 새끼도 옆에서 몸을 웅크리고는 눈을 감고 뾰족한 작은 얼굴 위로 꼬리를 감아올렸다. 팍스는 새끼가 깊은 잠에 빠질 때까지 기다렸다가 냄새를 풍기지 않는 위험한 것이 있는지 주변 탐색에 나섰다.

덤불을 휘저어 대는 건 아무것도 없었다. 더욱 놀라운 사실은 새로 생긴 흔적도 없었다. 사슴 때문에 부러진 잔가지와 너구리가 밟아 생긴 길도 없었다. 쥐나 너구리 또는 토끼 같은 설치류 동물이 지나다니는 덤불 속 터널도 보이지 않았다.

관목을 지나자 벌거벗은 키 큰 소나무가 한 줄로 이어져 있었다. 은빛 소나무 몸통 사이로 새까만 연못이 드문드문 빛을 내며 반짝였다.

팍스는 코를 킁킁거렸다. 물에서는 소년의 자동차 안에서 나던 것과 같은 이상야릇한 쇠붙이 냄새가 났다. 보통 연못에서 자라나는 식물과 연못 주위에서 자라는 식물이 내뿜는 냄새가 전혀 나지 않았다. 팍스는 물가로 기어갔다. 달걀처럼 둥그스름하고 시커먼 연못은 무척 고요해서 별 하나하나가 수면에 그대로 비쳤다. 연못가를 따라 움직이는 건 아무것도 없었다. 허옇게

탈색된 뼈다귀만 언못가에 나뒹굴었다.

팍스는 마음이 놓였다. 이곳은 위험하지 않았다.

팍스는 물을 마시고 절벽의 굴속으로 돌아가 새끼 여우를 꼭 감싸 안았다. 새끼는 깨어나지 않았지만 잠을 자면서 기침을 했다. 마른기침을 할 때마다 팍스는 물이 필요하다는 것을 느꼈다.

새끼가 깨어나면, 팍스는 아무 움직임 없는 그 고요한 연못으로 새끼를 데리고 갈 거다.

16

수프와 비스킷으로 식사를 마치고 나서, 피터와 제이드는 랜턴을 사이에 두고 강이 내려다보이는 바위에 나란히 앉았다. 새뮤얼은 두 사람 뒤쪽의 큼지막한 나무 몸통에 기대어서 손전등으로 책을 읽었다.

피터가 말했다.

"오늘 거의 10킬로미터나 걸었어요."

피터는 두 사람을 계속 뒤쫓아 갔고 정오쯤 되자 왠지 몸이 편안해졌다. 더 이상 팍스와 마주칠 위험이 없을 만큼 충분히 멀리 갔다는 생각이 들어서였다.

피터 옆에 앉은 제이드가 불만스레 투덜거렸다.

"고작 10킬로미터야. 나는 늘 더 갔으면 하는데 말이야. 할 일이 무척 많아. 서두르지 않으면 다 해내지 못해."

피터가 물었다.

"오늘하고 어제 우리가 채취한 표본 말인데요. 거기에서 뭣 좀 알아냈어요?"

"조금. 확실히 알려면 실험 보고를 기다려야 해. 그래도 이미 차이를 알 수 있지."

"차이라고요?"

"새뮤얼하고 내가 저수지에서 진을 치기 전에 여기와 같은 구역을 시험해 보았거든. 이제 거기 물은 깨끗해. 그래, 강의 이쪽 부분은 훨씬 더 깨끗하지. 하지만 아래로 내려갈수록 더러워질 거야. 오염된 물이 아래로 내려올 테니까. 다음 정화 현장에 가면 정말 상태가 안 좋을 거야. 옛날 공장 터에 군 막사가 있었는데, 그곳에서 해로운 것들을 엄청 많이 사용했거든. 문제는 아직도 새어 나오고 있다는 거야."

피터는 다시 강을 향해 몸을 돌렸다. 지난날, 아빠와 그 공장 터에서 많은 것들에 대해 이야기를 나누었다. 하지만 피터는 아빠가 군대에서 정확히 무슨 일을 하는지 묻지 않았다. 알고 싶지도 않았다. 하지만 이제 어쩔 수 없이 아빠가 저 물을 오염시키는 역할을 했었는지 궁금해졌다.

"저기가 이 근방에서 가장 안 좋은가요?"

제이드는 한숨을 푹 내쉬었다.

"가장 안 좋냐고? 나쁘긴 하지. 하지만 연못이 최악이야. 우리가 채취한 장소에서 서쪽으로 고작 1.5킬로미터 정도 떨어져 있어."

제이드는 새뮤얼을 향해 소리쳤다.

"달걀 모양의 오벌폰드 기억나? 그게 어디더라. 이틀 정도 거리였던가?"

"이틀, 아니면 삼 일."

새뮤얼은 책에서 눈을 떼지 않고 대답했다.

"오벌폰드는 원래 생명이 왕성하던 연못이었어. 작은 보석이었지. 하지만 레지스탕스가 다리를 폭파하고 난 뒤 중금속을 잔뜩 쏟아부어서 이제 그 연못에는 아무런 생명체도 살지 않아. 그 어떤 것도. 근처 풀하고 나무도 다 죽었어. 오래된 나무조차 죽었지. 거기는 쥐 죽은 듯 조용해."

피터 옆으로 박쥐가 강 위로 쓱 날아오르자 숨어있던 새들이 짹짹거리고, 올빼미 한 마리가 부드럽게 울어댔다. 도처에 생명이 있었다.

"거기에는 더 이상 아무것도 없어요?"

제이드가 고개를 저었다.

"어린 것들은 다 죽었어. 다 자란 동물들은 다른 곳으로 옮겨 갔고."

"어린 것들이 죽어요?"

"어린 동물의 신경계는 여전히 발달 중이야. 오염된 물을 마시면 회복될 수 없을 만큼 신경계에 손상을 입어."

새뮤얼이 책을 읽다 말고 외쳤다.

"제이드가 살리려고 해보지 않은 건 아니야."

제이드는 고개를 떨어뜨렸다. 그러더니 혼잣말을 했다.

"더 이상 안 해. 난 더 이상 안 할 거야."

"그래도 제이드는 시도는 했어."

새뮤얼이 책을 덮고는 가방 안에 넣었다. 건너와서 제이드 옆에 앉아 자부심 가득한 표정으로 어깨에 팔을 둘렀다.

제이드는 다시 한숨을 내쉬며 말했다.

"한 달 전에 그 연못 근처에서 너구리 둥지를 찾아냈어. 어린 새끼 두 마리는 죽고, 두 마리는 정말 상태가 안 좋았어. 주위를 기어 다니는 모습을 보니까 납중독인 것 같더라고. 너구리를 구하고 싶었는데……."

피터는 그 말에 공감할 수 있었다. 죽을 지경에 이른 팍스를 찾아냈을 때 그 새끼를 구하기 위해서라면 무엇이라도 하고 싶은 마음이 정말로 간절했었다. 갑작스레 제이드가 무척 측은하게 여겨졌다.

"어떻게 하셨어요?"

제이드는 어깨를 으쓱 들어 올리며 말했다.

"우유와 활성탄을 사용했어. 너구리한테서 독소를 씻어내려고 했지."

"됐어요?"

"몰라. 내가 새끼를 만져도 어미하고 아비가 내버려 두긴 했는데, 근처에서 얼쩡거리더라고. 그러니까 적어도 새끼들을 포기하지는 않을 거야. 하지만 일행이 저수지에 도착해서 우리는 떠나야 했어. 부르면 가야지, 안 그래?"

피터가 물었다.

"우리 거기 가요? 그 연못에서 표본을 채취할 거예요? 어쩌면 다시 너구리들을 볼지도 모르잖아요?"

새뮤얼이 대답했다.

"안 돼, 거긴 동굴 연못*이야."

그러자 제이드가 설명해 주었다.

"지하수가 흘러들어 생겼다는 뜻이야. 우리 임무는 엄격하게 저수지와 강에 한정되어 있거든. 그러니까 그 연못은 또 다른 팀이 해야 할 임무라는 말이지. 우리는 그저 그 팀원들이 도착하기를 기다리는 동안 그 연못을 우연히 마주쳤던 것뿐이고."

제이드는 몸을 뻗어 무릎 위에 얼굴을 기대며 말했다.

"지금은 그냥 그 새끼 너구리들이 괜찮을 거라고 상상해. 녀석들이 나아져서 평범한 너구리처럼 뛰어다니고 있다고. 알지 못했던 것을 배우는 게 무척 어려울 거야."

피터는 제이드의 표정을 보고 그 배움의 과정이 퍽 어렵다는 것을 알아챘다.

"누나는 이 일을 하면 그렇게 나쁜 것들을 수없이 많이 봐야

---

* (침식 작용에 의해 암반에 생기는) 구혈 [돌개구멍]

하는데 왜 여기에 들어왔어요?"

제이드는 그 질문이 의아하다는 듯 양 손바닥을 들어 올렸다.

"물이지! 당연히."

새뮤얼이 한 번 더 말했다.

"제이드는 물에 완전 푹 빠졌어."

또다시 얼굴에 자부심이 보였다.

제이드가 믿을 수 없다는 듯이 고개를 저었다.

"음, 물론이야! 더 중요한 게 뭐가 있겠어? 동물들뿐만이 아니야. 인간의 몸은 물로 이루어졌어, 주요소가 물이라고."

제이드는 다시 고개를 저었다. 그러더니 자리에서 일어나 남은 음식을 쌌다.

피터는 새뮤얼을 향해 물었다.

"형은요?"

새뮤얼은 강을 물끄러미 바라보았다. 잠깐 동안 철썩거리는 소리만 들려왔다. 피터는 차라리 물어보지 말걸 하고 후회했다.

하지만 이윽고 새뮤얼이 대답했다.

"전쟁이 끝났을 때 나는 당황스러웠어. 군대에 들어오기 전에는 내내 방황하고 있었거든. 가족을 버리고 친구들을 아프게 했어. 우연히 군대를 만났는데, 나중에 내가 군대를 정말 좋아한다는 걸 알았지. 단체의 일원이 되고 함께 훈련받으면서 개개인을 합친 것 이상의 일을 해냈어. 내가 한 일은 중요했어. 다른 사람들이 내가 하는 일이 옳다고 지지해 주었지."

워리어로서 꼬박 이틀을 일했을 뿐인데, 피터는 그 말이 무슨 뜻인지 이해했다.

"형은 전쟁이 끝나길 원하지 않았군요."

"흠, 난 전쟁이 이어지기를 바랐다고 말하는 게 아니야. 끔찍했어. 끔찍한 것들을 봤으니까. 우리 형을 잃었지. 형은 우리 가족 중에서 유일하게 내게 가까운 사람이었어."

새뮤얼은 잠시 말을 멈추었다. 손을 들어 목에 새긴 문신을 문질렀다.

"함께 훈련받은 사람들이 죽었어. 그러니까, 아니야. 전쟁터에 있었던 게 그리운 게 아니야. 하지만 군대의 다른 부분이 그리워. 공동체 말이야, 알지? 목적 같은 거. 그런데 내가 제이드를 만났을 때 워터 워리어 이야기를 들려주더라고. 그것이 나한테 필요한 답이란 걸 알았지."

새뮤얼이 이렇게나 이야기를 많이 하는 걸 전에는 들어본 적이 없었다.

새뮤얼은 시선을 피했다. 자신도 말을 너무 많이 했다는 걸 깨달은 듯 뺨이 붉게 물들었다. 새뮤얼은 자리에서 일어나 허벅지에 손을 쓱 문질렀다.

피터가 물었다.

"자러 가게요?"

새뮤얼이 고개를 끄덕이고 걸어갔다.

피터는 랜턴을 들고 침낭이 쌓인 곳을 향해 함께 걸었다. 문득 뭔가가 떠올랐다.

"잠깐만요. 그 모든 일을 겪고 나서 제이드 누나를 만났다고요?"

새뮤얼은 걸음을 멈추고는 제이드를 건너다보며 말했다.

"작년 겨울에."

"형의 형하고 형 친구가 죽은 후에요? 형은 그 사람들을 잃었어요. 무슨 일이 일어날지 알잖아요? 그런데도 형은, 왜요?"

새뮤얼의 눈이 휘둥그레졌다. 다시 소년처럼 보였다.

"하지만 그게 이유야. 없다면…… 없으면…….'

새뮤얼은 마치 허공에서 단어를 잡으려는 듯 손을 벌렸다가 다시 움켜쥐었다.

"내가 제이드를 사랑하지 않았다면? 아, 이런…….'

새뮤얼은 가슴에서 아이디어를 쥐어 짜내듯 셔츠 자락을 주먹으로 와락 움켜잡아 비틀었다.

"난 생각조차 할 수가 없어…… 안 돼."

피터는 고개를 끄덕였다. 자신도 확실히 그럴 테니까 말이다. 하지만 속으로 떠오르는 생각은 새뮤얼이 틀렸다는 것이다.

피터는 새뮤얼이 식기류를 싸고 있는 제이드에게 돌아가서 한 팔로 제이드를 안아주는 모습을 지켜보았다. 제이드는 고개를 뒤로 젖혀 새뮤얼의 뺨에 얼굴을 기댔다. 그러면서 새뮤얼의 갑작스러운 포옹에 행복한 미소를 지었다.

점점 어두워지고 있었지만, 피터는 새뮤얼이 웃고 있지 않

것을 분명하게 볼 수 있었다. 게다가 주먹 하나는 여전히 가슴
을 움켜잡고 있었다.

17

새끼 여우는 한낮에 깨어났다. 새끼는 졸음에 겨워 팍스의 가슴을 파고들었다. 새끼는 어미처럼 살뜰한 보살핌을 기대하고 있었다. 브리스틀이 하던 대로 팍스는 새끼를 부드럽게 핥아주었다.

절벽을 기어 내려오면서 뒤집어쓴 흙먼지를 몸에서 다 닦아낸 후에 새끼의 발을 핥아주기 시작했다. 발바닥이 다 갈라졌다. 새끼는 아비가 돌가루를 다 빼내도록 징징거리지 않고 잠자코 있었다. 그래도 매번 움찔했다. 아파하는 새끼를 보니 팍스는 안쓰러웠다.

팍스가 새끼를 살피고 나자 새끼의 네 발바닥에서 새로이 피가 새어 나왔다. 게다가 새끼의 혀는 바싹 말라 있었다. 그 문제라면 적어도 팍스가 해결할 수 있었다.

"물 마실 연못으로 데리고 갈게."

새끼의 목 주위를 주둥이로 톡톡 건드렸다. 새끼는 꿈틀거리며 기어 나와서 휘청휘청 두어 걸음 앞서갔다.

팍스는 새끼를 따라갔다.

"안 돼. 핏자국이 남을 거야. 포식자들이 어린 것들을 찾아. 특히 다친 것들을."

팍스는 새끼를 들어 올렸다. 이번에 새끼는 꿈틀거리지 않았다. 팍스는 바싹 마른 덤불을 후다닥 가로질러 새끼를 데리고 연못으로 갔다. 새끼가 가슴에 쿵쿵 부딪혔다. 팍스는 얕은 물속으로 걸어 들어가다가 잽싸게 달아나는 피라미가 보이지 않아서 깜짝 놀랐다. 개구리도 뛰어오르지 않았다. 팍스는 새끼를 내려놓았다.

"물에 발을 담그면 좀 나을 거야."

새끼는 이제 얌전하게 물속에 무릎을 담그고 서서 물을 마셨다.

배가 빵빵해지자 팍스는 자신이 본 유일한 초원, 반쯤 죽은 향나무 숲으로 새끼를 데리고 갔다. 잠깐 동안 훌륭한 피난처가 될 것이다. 여기에는 포식자가 없었다. 고작 몇 걸음만 가면 마실 물도 있다.

문득 이곳의 또 다른 장점이 보였다.

"여기에서 헤엄치는 법을 배우자."

18

그날은 뜨거웠다. 5월보다는 7월 같았다. 대지는 늪과 같았다. 피터는 제비뽑기에서 침전물 임무를 뽑았기에 강둑을 따라서 묵묵히 걷고 있었다. 진흙투성이 바짓가랑이가 정강이에 쓸렸다. 그때 제이드가 피터 옆으로 다가와 손을 들어 올려 자기 머리핀을 뽑더니 피터에게 두 개를 건넸다.

"바지 걷어 올리고 이거 꽂아."

"아, 고마워요. 그런데……?"

피터는 제이드의 흘러내린 머리카락을 보며 고개를 끄덕였다. 이미 머리카락이 제이드의 목까지 달라붙었다.

제이드는 어깨를 으쓱하고는 옆 덤불에서 줄기를 툭 잘라내 부러뜨렸다. 그러고는 머리를 둥글게 모아 올린 다음 잔가지로 쿡 찔렀다. 이윽고 버드나무 사이로 한가로이 걸어가 모기를 휙 쫓으며 사라졌다.

피터는 표본 키트를 새로 집어 들고 새뮤얼이 철벅거리고 있는 강둑 아래로 내려갔다.

새뮤얼이 허리를 펴고 자기 심장을 콕 찌르는 시늉을 하며 물었다.

"괜찮아?"

"뭐가요?"

"친절 말이야, 머리핀."

새뮤얼은 갈대 속에서 무릎을 구부리고 제이드를 흘끗 올려다보며 말했다.

"제이드의 비밀 무기 같은 거야. 나도 여전히 기습 공격을 당해."

"비밀 무기라고요?"

"내 말은…… 넌 그게 다가오는 걸 못 봐. 기습 공격. 아니, 어쩌면 나만 그럴지도. 어쩌면 내가 철이 드는 방식일지도 모르지. 난 전혀 예상하지 못했어. 네가 어떤 일 때문에 아프거나 뭔가 필요해질 때가 있지. 그러면 제이드가 친절하게 말을 걸거나 어떤 행동을 할 거야. 그러면 너는 그냥 당하는 거지."

피터는 고개를 끄덕이고는 키트를 열었다.

"비밀 무기. 알았어요."

"다만 그건 아프게 하는 게 아니라 치유를 해주지."

이번에 새뮤얼은 미소를 지으며 엄지손가락으로 자기 가슴을

다시 쿡 찔렀다. 그러더니 허리를 숙여 일을 시작했다.

나중에 제이드와 새뮤얼이 그날 사용한 장비를 캠프 탁자에서 소독하고 있을 때, 피터는 찬물에 맨발을 담그고 강둑에 앉아있었다. 제이드의 머리핀을 쥐고서 친절이 비밀 무기와 같다는 새뮤얼의 말을 곰곰이 생각했다.

새뮤얼의 말은 무기가 아니라 그저 선행의 비밀을 의미했다. 하지만 이상한 것은, 최근에 누구든 자신에게 친절을 베풀었을 때마다, 그러니까 볼라가 피터에게 집을 주겠다고 하거나 할아버지가 이사 올지도 모른다고 말했을 때 피터는 마음이 아팠다. 아니면 적어도 마음이 아플까 봐 두려웠다.

피터는 그게 공평하지 않다는 것을 알았다. 볼라 아줌마는 피터에게 상처를 주려는 의도가 아니었다. 제이드가 저 핀을 주었을 때 상처를 주지 않은 건 분명했다. 제이드는 그저 관대한 사람이었다. 갑작스레 피터는 제이드에게 고맙다는 표현을 하지 않았다는 게 떠올랐다.

피터는 부끄러워서 다시 장화를 신고 캄포나무를 보았던 상류로 걸어 올라갔다. 잭나이프로 연필 굵기의 줄기를 벗겨냈다. 15센티미터 정도로 자르고 나무껍질을 벗겼다. 그러고 나서 나무 양쪽 끝을 둥글게 다듬어 부드럽게 깎았다.

제이드가 강가에서 새뮤얼과 무릎 깊이의 강둑에 있는 게 보였다. 둘 다 바위를 향해 얼굴을 찌푸리고 있었다.

제이드가 손을 흔들어서 피터도 그쪽으로 건너갔다.

"오늘 핀 고마워요."

피터는 선물을 내밀었다.

"여기. 머리에 하세요."

"예쁘다. 고마워."

제이드는 머리에서 나뭇가지를 꺼내더니 웃으며 반짝반짝 윤이 나는 가지로 다시 머리를 묶었다.

피터는 마음이 편해졌다.

"캄포나무예요. 이걸로 좀약 같은 방충제를 만들어요. 그러니까 모기도 쫓아낼 거예요."

느닷없이 제이드가 물속에 있는 뭔가를 가리키자 새뮤얼이 확 달려들었다.

"뭐하시는 거예요?"

"여기에 늪지 거북이가 두어 마리 있어. 근데 너무 빨라서 잡기가 어려워."

새뮤얼이 불만을 터뜨렸다.

제이드가 설명해 주었다.

"거북이들이 위험에 빠졌거든. 한 마리 잡으면 혈액 샘플을 뽑아서 어떤지 볼 수 있을 텐데, 녀석들이 겁이 많아서 접근할 수가 없어."

피터가 제안했다.

"저기요, 어떻게 잡는지 제가 알아요. 금방 돌아올게요."

피터는 관목 속으로 몇 미터 들어가서 어린 블랙체리(검은열매 벚나무) 하나를 찾아낸 다음 잭나이프로 가는 나뭇가지를 잘라냈다. 곁가지를 잘라 마침내 2미터 정도 길이의 밋밋한 Y자 모양을 만들었다. 피터는 Y 양쪽을 구부려서 두 개를 서로 만나게 한 다음 1미터 지름 정도의 고리로 엮었다. 그러고 나서 그 나무 몸통에서 새로 난 잔가지를 벗겨냈다. 그것으로 그 고리 위에 얼기설기 되는 대로 그물을 엮어 만들었다.

피터는 그것을 가지고 왔다.

제이드가 환하게 웃으며 그 그물을 들고 터벅터벅 헤치며 걸어갔다. 잠시 뒤, 새뮤얼이 손가락으로 가리키자 제이드는 그물을 물에 담갔다가 거북이 한 마리를 퍼 올렸다. 그러고 나서 거북이 배를 위쪽으로 뒤집고는 달래듯 부드러운 목소리로 말했다. 그사이 새뮤얼은 주삿바늘과 혈액 샘플 병을 꺼냈다.

이윽고 제이드가 회전 폭죽처럼 핑그르르 발을 돌려대는 거북이를 강으로 돌려보내며 마지막 인사를 건네듯 등딱지를 톡톡 두드렸다. 그러고는 곧 몸을 일으켜 세운 채 피터를 향해 고개를 숙여 인사했다.

피터는 퍼져나가는 자부심 가득한 웃음을 꾹 눌러 참았다.

"별것 아니에요. 봄에는 야생 체리 나뭇가지가 정말로 유연하거든요."

새뮤얼이 그 거북이 샘플을 정리하기 위해 캠프 탁자로 갔다. 제이드는 강둑에 앉아 피터에게 앉으라며 옆자리를 손바닥으로 톡톡 두드렸다. 제이드는 무척 놀라워했다.

"너 나무에 대해 많이 아는구나."

피터는 팔꿈치에 기대어 몸을 뒤로 기울였다.

"나무들은 대단해요. 서로 소통하는 거 아세요?"

"정말? 인간들처럼?"

"더 잘해요, 사실은."

"더 잘한다고? 어떻게?"

'서로 만질 필요도 없어요.' 피터는 거의 이 말을 할 뻔했다.

하지만 그게 어떻게 들릴지 알았다.

"직접적으로 뭘 할 필요가 없기 때문에 더 나아요. 나무 대 나무. 그건 느리고 비효율적이에요. 나무들은, 그러니까 그건 거의 화학적 텔레파시 같아요."

새뮤얼이 내려와서 피터의 다른 쪽에 앉았다. 놀라서 한쪽 눈을 찡긋하며 물었다.

"화학적 텔레파시라고?"

"정말이에요. 그러니까…… 사바나에서 기린이 아까시나무*를 뜯어먹으면, 이 나무는 땅속으로 메시지를 내보내요. 곰팡이 같은 것을 통해서요. 이따금 균류가 보내는 메시지는 1.5킬로미터까지도 가요. 그러면 근처에 있는 아까시나무가 나뭇잎으로 쓴맛이 나는 화학물질을 쏘아 보내요. 그러면 기린은 그 자리를 떠나요. 그러니까 나무가 고통스러우면, 나무는 '있잖아, 나 여기 도움이 필요해' 하고 메시지를 보내는 거예요. 그러면 다른 나무들이 당질이라든가, 뭐든 나무가 필요한 걸 보내요."

제이드가 고개를 뒤로 젖히고 나뭇잎이 지붕처럼 우거진 하늘을 올려다보며 말했다.

"놀랍다. 우리가 듣지 못하는 언어로 우리 위에 있는 것들 전부가 우리 아래 있는 것들과 서로 이야기를 하고 있다니."

"제 생각에 인간이 할 수 있었다면 그렇게 진화됐을 거예요. 제가 나무라면, 그냥 생각할 수 있을 거예요. '이봐, 나 도움이 필요해.' 그러면 이 지역 누구든 그 메시지를 듣고 제가 필요한 걸 보내는 거예요."

새뮤얼이 피터의 발 옆에 놓인 그물을 가리켰다.

---

* 우리나라 사람들이 흔히 아카시아나무라고 부르는 나무

"자작나무로 만드는 거 어떻게 알았어? 캄포나무가 해충을 쫓는다는 건?"

"아, 그거 배운 거예요, 우리……"

피터는 볼라 아줌마를 어떻게 불러야 할지 몰랐다. 보호자? 친구? 가족은 아니지만 거의 가족이나 마찬가지였다. 너무 가까 웠다.

"저하고 함께 지내고 있는 분한테요."

제이드가 고개를 번쩍 들어 올리며 물었다.

"너 가족하고 안 살아?"

피터는 갑작스레 덫에 걸린 기분이 들었다. 새뮤얼은 이쪽에, 제이드는 저쪽에. 서로를 사랑하는 커플 사이에서 피터는 안전 한 느낌이 들지 않았다. 피터는 자리에서 일어나 나무에 그물을 기대어 놓는 척했다. 그러고 나서 대답했다.

"우리 부모님은 두 분 다 가셨어요. 그리고 할아버지는…… 하실 수가 없어요."

제이드가 자리에서 일어섰다.

"무슨 뜻이야, 너희 부모님이 가셨다니?"

제이드의 목소리는 거북이를 어르던 것처럼 낮고 부드러웠다.

"아, 이런. 피터, 돌아가신 거 아니지?"

새뮤얼도 자리에서 일어섰다.

피터는 두 손을 주머니에 집어넣었다.

"우리 엄마는 제가 일곱 살 때, 아빠는 시월에……"

피터는 두 사람이 얼굴에 드러낼 표정을 알기에 강 건너 숲으로 시선을 돌렸다. 그런 표정이 싫었다. 새 학교에서 피터가 말했을 때 모두가 지었던 표정, 공포와 슬픔이 뒤섞인 그 표정은 일어난 그 일이 끔찍하고 슬프다는 것을 떠올리게 했다. 피터는 그걸 떠올리고 싶지 않았다. 주머니 속 잭나이프를 주먹으로 힘껏 감싸 쥐었다.

"지난 시월인 거야, 피터? 고작 몇 달 전에?"

제이드가 침착하게 물었다.

피터는 고개를 끄덕였다. 여전히 시선을 피한 채였다.

"전쟁터에 계셨어요. 전쟁터에서는 사람들이 죽잖아요."

피터는 주머니에서 잭나이프를 꺼내 손으로 만지작거렸다.

"넝쿨을 잘라서 진짜 그물을 만들 수도 있어요. 분명 물고기도 있을 거예요. 식사로…… 생선을……."

새뮤얼이 말했다.

"너 떨고 있구나."

피터는 잭나이프를 내려다보았다. 흔들리고 있었다. 아니, 피터의 손이 떨리고 있었다. 팔도 떨렸다. 사실 피터의 다리까지 몸 전체를 떨고 있는 듯했다. 마치 위험한 파도가 새로 피터를 지나쳐 가고 있는 것 같았다.

제이드가 한 걸음 가까이 다가왔다.

"내가 볼 때 넌 이렇게 말하고 있는 것 같은데, '이봐, 나 여기 도움이 필요해!'"

피터는 얼른 고개를 들어 제이드가 자신에게 장난을 치는 것인지 보았다.

제이드가 피터를 향해 격려하는 웃음을 지어 보였다. 장난을 치는 게 아니었다. 문득 제이드가 두 팔을 벌렸다. 마치 그렇게 하는 게 당연하다는 것처럼.

시간이 멈췄다. 마지막으로 피터를 안아준 사람은 아빠였다. 1년 전, 그 공장 터에서 피터가 팩스를 보내주고 마지막 인사를 하기 위해 언덕 아래로 내려온 바로 그날에.

일주일 후 피터가 볼라 아주머니 집으로 돌아가 아주머니와 함께 살아도 되는지, "내 여우 없이 살 수 있을지"를 물어보았다. 그때 아주머니는 피터를 안아주려고 했었고, 피터는 그 팔을 뿌리쳤다.

할아버지. 글쎄, 할아버지는 그럴 생각도 없었다. 피터의 아빠가 죽었다는 소식을 접했을 때조차도……. 이 노인의 어깨는 녹이 슬어 들어 올릴 수도 없는 것 같았다.

피터는 숨을 쉴 수가 없었다. 목이 꽉 막힌 것 같았다. 공기를 들이마시고 콧구멍을 벌름거렸다. 공기를 마시니 좀 낫긴 했지만 그래도 몸은 여전히 떨렸다.

"저 넝쿨 좀 가져올게요."

피터가 말했다. 목소리마저 떨렸다. 잭나이프를 주머니에 다시 넣고 장비 상자를 향해 나아갔다. 정말로 거기에 갈 작정이었다. 하지만 반쯤 걸어가는데 다리가 말을 듣지 않았다.

피터는 몸을 돌렸다. 서로 사랑하는 그 커플에게로 다가갔다. 피터는 두 사람의 팔이 둘 사이 공간으로 자신을 끌어당기는 것을 느꼈다. 그건 괜찮았다. 두 사람의 기분을 나아지게 했을 테니까.

피터는 이 프로젝트가 끝나면 그 공장 터에 두 사람을 남겨두고 혼자 살러 떠날 거다. 그리고 정말이지, 몇 주 지난다고 얼마나 해가 될까?

한순간, 두 사람이 안고 있는 공간 안에서 피터는 몸을 떨었다. 그러더니 이윽고 피터의 떨림이 멈추었다.

19

   사흘 동안, 팍스와 새끼 여우는 그 고요한 연못에서 쉬었다. 매일 팍스는 해 질 녘 능선 맞은편으로 먹이를 찾아 나섰다. 새끼가 보이지 않는 곳에서는 걱정으로 긴장이 되어 먹이를 낚아채 힘껏 달려야 했다.

   새끼는 첫째 날 안절부절못했다. 팍스는 새끼가 돌아다니지 못하게 연못까지 짧은 거리를 입에 물고 가려 했다. 그러자 새끼는 짜증스러워하며 생떼를 부렸다. 물을 마시고 나서 팍스가 그 고요한 연못을 첨벙대며 걷자 새끼가 따라왔다. 차가운 물이 새끼의 목을 감싸자 새끼는 불안스레 아비를 올려다보았다.

   팍스는 멀리 헤엄쳐 가다가 문득 뒤를 돌아 새끼를 향해 짖었다.

   새끼는 물속으로 덤벼들었다. 한 번, 두 번, 세 번, 몸부림을 치며 물속으로 들어갔다가 첨벙거리며 빠져나왔다. 하지만 팍스는 새끼 옆을 헤엄치며 차분하게 용기를 북돋아주었다. 곧 새끼는 물을 드나들며 첨벙거렸다.

그렇지만 둘째 날, 조용히 누워서 이 은신처를 떠날 생각을 하지 않았다. 팍스는 새끼를 연못으로 데리고 갔다. 새끼가 물을 마시고 나자, 팍스는 다시 물속에서 움직여보라고 했다. 새끼는 한동안 시큰둥하게 헤엄을 치더니 곧 은신처로 데려가 달라고 했다.

셋째 날, 새끼 여우는 가까스로 가시투성이 나뭇가지에서 머리를 들어 올렸다.

그날, 팍스는 사냥거리가 없다는 걸 알았다. 능선 너머에도 없었다. 허둥지둥 돌아가서 새끼를 코로 쿡쿡 눌러 깨웠다.

"떠나야 할 시간이야."

새끼는 일어나서 짙은 오후의 태양을 받으며 눈을 깜빡였다. 그러더니 옆으로 픽 쓰러져서 왼쪽 뒷다리를 바르르 떨었다.

팍스는 당황스러워서 새끼를 이리저리 살펴보았다. 발바닥은 다 나았고 다른 상처는 보이지 않았다. 새끼에게 어서 일어나라고 채근했다.

"여기는 더 이상 안전하지 않아. 흔적을 남기지 않도록 우리는 저 연못을 건널 거야."

새끼는 다시 일어나서 비틀거리며 아비를 따라 물가로 갔다. 머지않아 그 작은 연못을 건넜다. 하지만 맞은편 물가에 도착했을 때 어린 여우는 정신을 잃고 쓰러져 눈을 감았다.

팍스는 몸을 흔들어 물을 털어내고 널찍한 바위 위로 올라가 바람의 방향을 확인했다.

동쪽에서 불어오는 바람이 가까운 곳에 있는 강의 소식을 실어왔다. 날씨가 좋고 풀밭이 타오르지 않지만 모닥불이 있다.

그리고 충격적인 사실.

소년이다. 팍스의 소년이 근처에 있다.

피터는 1년 넘게 자신한테서 떠나 있었다. 평생 동안 좋아했던 피터였지만, 피터 없이 사는 법을 익혀야 했다. 그 피터가 근처에 있었다.

팍스는 꼼짝하지 않았다. 집중했다. 그리고 확신했다. 그렇다. 소년이 다른 인간 한 명, 어쩌면 두 명과 함께 강에 있었다.

마치 시간이 흐르지 않은 것처럼, 피터에게 달려가고 싶은 그 익숙한 충동으로 팍스의 허벅지 근육에 바짝 힘이 들어갔다. 하지만 팍스는 뒤로 물러났다.

왜냐하면 시간이 흘렀으니까. 지난여름 내내 피터 없이 지냈고 오랜 시간이 지났다. 그때 팍스는 피터가 자신을 찾으러 돌아와서 집으로 데려가 주기를 바랐다. 하지만 그것은 여름의 열기와 함께 희미해졌다. 가을 무렵에 팍스는 브리스틀과 함께 있는 곳, 어디든 브리스틀이 안전하다고 생각하는 곳이 자신의 집이라는 걸 깨달았다. 그리고 데저티드팜에서 브리스틀과 터를 잡은 뒤로는 이제 더 이상 피터를 기다리지 않게 되었다.

산들바람이 새롭게 불어왔다. 새로운 땅 냄새가 장작불과 소년의 냄새와 뒤섞여 기억을 불러일으켰다.

팍스가 아주 어렸을 때, 며칠 동안 피터와 피터 아빠하고 함께 시냇가의 작은 천막집에서 지내러 숲속에 간 적이 있었다. 소년의 아빠가 불을 피우고 둘은 음식을 만들었다. 피터는 팍스에게 음식을 나눠주었다. 나중에 두 사람이 불 위로 막대기를 들었는데, 이상하게도 그 하얀 끝에서 훈훈하고 달콤한 냄새가 근사하게 피어올랐다. 팍스는 피터와 피터 아빠가 끝에 달린 그 좋은 냄새가 나는 것을 먹는 모습을 지켜보았다.

팍스도 먹고 싶어서 달려들어 피터 옆 돌멩이에 놓아둔 막대기 하나를 낚아챘다. 마시멜로가 어찌나 뜨거운지 깜짝 놀라서 캑캑거리며 주둥이를 마구 비벼댔다.

소년이 부리나케 뛰어와 셔츠를 찢어서 시냇물에 담갔다가 팍스의 코와 주둥이에 그 차가운 천을 올려주고 토닥이며 안아주었다. 팍스는 편안하면서도 사랑받는다는 느낌이 들었다.

팍스는 다시 바람을 들이마셨다. 자신이 그리워하는 소년의 냄새를 찾았다. 그리고 작정했다.

팍스는 새끼에게로 달려가서 주둥이로 쿡쿡 찔러 깨웠다.

"지금 떠날 거야. 강까지 멀지 않아."

새끼는 몸을 일으켜 세웠다. 하지만 팍스는 새끼가 연못을 헤엄쳐 건너느라 여전히 기운이 없는 것을 알 수 있었다. 입으로 물어 데리고 가야 할 거다. 그렇게 거추장스럽게 가려면, 빛의

혜택이 필요할 거다.

팍스는 새끼를 바싹 마른 나도기름새* 더미로 이끌었다.

"지금은 쉬어, 동트면 떠날 거야."

"이게 마지막이야."

새뮤얼이 버드나무 막대기 세 개와 마시멜로 봉지를 내밀며 말했다. 피터는 막대기를 하나 받아서 마시멜로를 끼웠다. 그날 밤은 싸늘한 데다 불이 타고 잔불만 남아서 마시멜로를 먹기에는 아주 완벽했다.

노릇노릇 구워지는 마시멜로를 지켜보자니, 피터에게 추억이 하나 떠올랐다. 피터의 여덟 번째 생일에 아빠가 피터를 데리고 캠핑을 갔는데 팍스도 함께 데려가게 해주었다. 퍽 근사한 주말을 보냈는데, 마지막 날 밤 불가에 둘러앉았다가 피터가 실수를 하고 말았다. 마시멜로를 식히려고 옆에 놓아두었는데 팍스가 그걸 낚아채 간 것이다. 피터는 재빨리 축축한 티셔츠로 불에 덴 어린 여우의 입을 감쌌다. 하지만 그러고 나서 나중에 기분이 너무 끔찍해서 자기는 동물을 키울 자격이 없는 것 같다고 아빠한테 말했다.

아빠는 이렇게 대답했다.

"흠, 내가 볼 때는 그런 것 같지 않은데."

그러면서 피터의 허벅지에서 잠든 팍스를 가리켰다.

"네 여우도 그렇게 보는 것 같지 않구나. 있잖아, 내 생각에는 정반대인 것 같아. 사고가 일어났고, 넌 발딱 일어나서 네 동물을 잘 돌보았어. 넌 책임을 다했지. 내 눈엔 그게 보였어. 아마 네 여우는 알았을 거야. 자기가 다쳤을 때 네가 낫게 해준다는 걸."

여덟 살에 그건 대단한 통찰력처럼 보였다. 하나의 행동을 다른 식으로 볼 수 있다는 것 말이다. 피터는 그 생각을 하며 잠이 들었다.

정말이지. 열네 살이 거의 다 됐어도 그건 여전히 무슨 마술이나 요술 같았다.

피터 옆에 앉은 새뮤얼이 일어나서 피터의 몽상을 깨뜨렸다. 불 옆에서 말린 군화 세 짝을 내밀며 말했다.

"우리 잠 좀 자야 해. 내일 동트기 전에 떠나야 하니까."

피터는 군화를 잡아당겼다.

"왜요?"

"워터 워리어 대원들이 내일 저수지에서 일을 착수할 거야. 그 사람들이 도착하기 전에 다음 며칠 동안 우리가 조사해야 할 지역이 많거든. 일찌감치 잠자리에 들어야 해."

제이드가 말했다.

"나는 기꺼이 가겠어."

그렇지만 자리에서 일어날 기미는 보이지 않았다.

"여기가 바로 그 장소야, 피터. 내가 너한테 말했던 호수가 여기 서쪽에 있어. 난 그 너구리들을 떠올리는 게 싫어."

제이드는 자기 신발을 확인하고 석탄 옆에 다시 놓았다.

"아직 축축한데."

그러면서 몸을 부르르 떨었다.

제이드는 그 새끼 너구리한테 무슨 일이 일어났을지도 모른다는 생각을 하고 있는지도 몰랐다. 하지만 그게 아니었다. 제이드는 발 너머로 몸을 기울여 발가락을 주무르며 투덜거렸다.

"발가락이 항상 차가워. 군대에서 만든 양말 좀 봐. 나한테 진짜 털양말을 달란 말이야."

새뮤얼도 동의하듯 웃음을 터뜨렸다.

"정말이야. 항상 추워."

피터는 점점 조용해졌다. 마시멜로를 불에서 앞으로 당겨와 옆에 두었다.

또 다른 기억이 찌르르 밀려왔다. 피터가 어렸을 때 엄마는 잠자리에서 자주 책을 읽어주었다. 피터는 그림을 보려고 옆으로 몸을 웅크렸다. 이야기가 중간쯤 이르면, 엄마는 피터의 무릎 아래로 맨발을 꼼지락거리며 이런 말을 자주 했다.

"얼음장 같아! 부르르……."

그건 사실이었다. 엄마의 발은 차가웠다. 하지만 피터는 언제나 무릎을 끌어당겨 엄마 발 위에 올려두었다. 그러면 엄마는 발이 정말 따뜻하다며 언제나 깜짝 놀랐다. 그럴 때마다 피터는 어린 소년이 느낄 만한 자부심으로 으쓱했다.

한순간 제이드에게 무릎을 대어줄까 생각했다. 그저 친절한 행동 하나가 될 테니까 그리 대단하지 않을 듯했다. 제이드는 누구보다 친절한 행동을 잘 이해할 거다. 괜찮을 거다.

하지만 아니, 괜찮지 않을 거야. 다른 사람이 자기 몸을 댄다는 느낌은? 아무리 옷을 입고 있어도 말이다. 이따금 볼라 아주머니는 피터의 어깨를 털어주거나 연장 사용하는 법을 보여줄 때 피터의 어깨에 손을 올려두곤 했다. 그런 것조차 피터에게는 살짝 놀라웠다. 어제의 포옹으로 피터 내면의 뭔가가 깨진 느낌이 들었다. 그리고 그것이 좋은 것인지 나쁜 것이지 구별할 수가 없었다.

그런데 문득 제이드가 다리 하나를 쭉 뻗어 피터 허리께를 발가락으로 톡톡 두드렸다.

"얼음장 같아, 부르르……."

그러면서 웃음을 터뜨렸다.

피터는 목이 메어왔다. 입을 다물고 눈물을 참기 위해 눈을 꼭 감고 얼굴을 돌렸다.

피터가 말했다.

"피곤해요. 침낭을 펴야겠어요."

피터는 자리에서 일어났다. 하지만 제이드가 벌떡 일어나서 피터의 손목을 잡았다.

"미안해, 내가 무슨 말을 했든⋯⋯."

피터는 손바닥으로 두 눈을 쓱 문질렀다.

"연기 때문에 그래요. 누나가 잘못 말한 거 없어요. 그냥 피곤해서 그래요. 오늘 많이 걸어서요."

"그래. 그래도 미안해. 난 그저⋯⋯. 넌 너무 심각해. 난 그저 웃게 해주고 싶었던 것뿐이야. 가서 잠 좀 자."

피터는 그 자리에서 빠져나왔다. 씻고 난 뒤, 불에서 멀리 떨어진 이끼가 덮인 단단하고 평편한 바위를 골라 침낭을 펼쳤다.

배낭에서 아빠의 유골이 든 상자를 꺼내 머리맡에 조심스럽게 놓고 셔츠로 상자를 감쌌다. 그러고 나서 침낭으로 기어들어가 불을 등지고 침낭을 끝까지 끌어올렸다.

21

　그 고요한 연못에서 그리 멀지 않았지만, 팍스와 새끼 여우가 강에 도착했을 때는 이미 날이 훤했다. 새끼 여우는 걸어가려 했으나 걸음을 옮길 때마다 옆으로 픽픽 쓰러져 당황스러워했다. 팍스가 입에 물고 가려 하자 새끼는 버둥거리다가 마침내 성질을 죽이고 잠자코 있었다. 팍스가 달려가거나 좀 빠르게 걸으면 새끼가 칭얼거려서 매우 느릿느릿 걸을 수밖에 없었다.

　팍스가 강둑 옆 부드러운 뿌리가 나뒹구는 곳에 새끼 여우를 살며시 내려놓았다. 팍스는 새끼가 새로운 환경을 받아들이는 모습을 지켜보았다.

　공기에서 이끼와 고사리 그리고 싸늘하게 식은 모닥불 냄새가 났다. 피터와 다른 인간들이 적어도 한 시간 전에 떠났다. 머리 위로 박새들이 지난겨울 솔방울에 대해 언쟁을 벌이고, 옆에서 죽은 느릅나무 속 벌레들이 종종거리며 지나갔다. 아래에는 강 돌바닥 위로 졸졸졸 시냇물이 물장구를 쳤다.

팍스가 설명해 주었다.

"강이야. 흐르는 물은 힘이 세. 우리는 깊지 않은 물가에 있어야 해."

호기심 많은 새끼가 강둑을 이리저리 살펴볼 거라 생각하고 팍스는 따라갈 준비를 했다.

하지만 새끼는 그저 고개를 발 위에 내려놓고 눈을 감았다. 호흡이 점점 느려졌다. 그런데 갑자기 눈을 번쩍 뜨더니 다시 허둥지둥 몸을 일으켜 세웠다.

팍스가 확인해 주었다.

"인간 냄새야. 이미 인간은 갔어."

다시 팍스는 딸에게 강을 둘러보라고 채근했다.

"강?"

새끼는 말을 듣지 않았다. 다시 털썩 주저앉아 나무뿌리 더미 사이로 몸을 단단히 말고 잠이 들었다.

팍스는 근처에 포식자가 없는 게 확실한지 공기를 확인하고 나서 새끼를 내버려 둔 채 한 시간 전에 소년이 있었던 곳을 찾아 길을 나섰다.

피터가 건강하다는 것을 알았다. 피터는 다른 인간, 여자 한 명 그리고 남자 한 명과 길을 가고 있었고, 두 사람 사이에 공격은 없었다. 이 사람들은 강을 따라갔다. 북쪽에서 들어와 남쪽을 향해 갔다. 이곳에 머물 때 소년은 모닥불 옆에서 식사를 했다. 고기와 마시멜로 냄새가 났다. 팍스는 끈적거리는 끝자락에 새까맣게 달라붙은 개미로 뒤덮인 나뭇가지 세 개를 찾아냈다.

다음에 피터가 잠을 잤던 빈터를 들여다보았다. 소년은 장소를 잘 골랐다. 강이 내려다보이고 이끼는 바싹 마른 데다 달려드는 해충도 없다. 팍스는 주둥이를 땅바닥에 대고 자신이 좋아했던 소년의 냄새를 킁킁 들이마셨다.

팍스는 잠이 든 새끼를 잠깐 떠올리고는 자신이 깨달은 중요한 것들을 정말이지 얼른 가르쳐주고 싶었다. 터벅터벅 걸어가 딸을 툭툭 건드려 깨웠다.

"따라오렴."

새끼는 얌전히 몸을 일으켜 세웠다. 하지만 걸음걸이가 훨씬 더 형편없었다. 팍스는 새끼를 입에 물었다. 새끼는 투덜거리지 않고 잠자코 있었다.

그렇지만 이끼 밭에 내려놓자마자 새끼는 펄쩍 뒤로 물러났다. 놀라서 귀가 납작하게 드러누웠다. 목덜미 털은 바싹 곤두섰다.

팍스는 새끼에게 돌아오라고 했다.

새끼는 말을 듣지 않았다.

팍스는 다시 그곳으로 새끼를 데려왔다.

새끼는 더 멀리 물러나며 대들었다.

"인간! 인간들이에요. 위험해요."

"그래, 대부분은."

새끼는 조금도 가까이 다가오려 하지 않고 그대로 그 자리에 앉았다.

"대부분?"

팍스는 새끼가 어미처럼 고집이 세다는 것을 알았다. 그래서 이해할 때까지 기다렸다. 마침내 새끼가 경계심을 늦추는 게 보였다.

팍스는 이끼 냄새를 맡았다

"이 인간은 위험하지 않아. 내 소년이야."

새끼가 의심스럽다는 듯 귀를 뾰족이 세웠다.

팍스는 자리에 앉았다.

"이리 와."

잠시 후, 새끼는 조심조심 아비에게 기어가 아비 가슴의 하얀 털 앞에 자리를 잡았다.

팍스는 새끼의 어깨 위에 발을 올렸다.

"내가 어린 새끼였을 때, 너보다 더 어렸을 때, 나는 몹시 아팠어. 기억도 안 날 때였어. 하지만 난 알아. 인간 소년이 나를 우리 여우굴에서 꺼냈어."

새끼 여우의 눈이 휘둥그레졌다.

"엄마, 아빠가 내버려 뒀어요?"

"어미하고 아비는 죽었어. 그래서 그 소년이 나를 자기 굴로 데리고 갔지. 내게 먹을 것을 주고 자기 살갗에 나를 바짝 대어 따뜻하게 해주었어."

"그 소년이 어미하고 아비였어?"

팍스는 그 말을 다시 생각했다. 그러고는 고개를 끄덕였다.

"그래. 어미하고 아비였고, 나중에는 친구가 돼주었지. 이 인간은 내게 항상 부드럽게 말했어. 나를 편안하게 붙잡고, 한 번도 꽉 움켜잡은 적은 없어. 내가 소년을 부르면 소년이 왔지. 난 소년을 믿을 수 있었어."

새끼는 잠잠했다. 녀석은 어미가 해준 경고와는 다른 이 정보를 깊이 생각해 보는 중이었다.

새끼는 주둥이를 내리고 피터의 냄새를 들이마셨다.

"인간의 생각을 어떻게 알 수 있어요?"

"인간의 생각은 얼굴에서 드러나. 냄새, 목소리, 손짓으로."

"여우들처럼?"

"그래, 여우들처럼. 하지만 인간들은 거짓 연기를 하기도 해."

"어떤 인간이 믿을 만한지 어떻게 알아요?"

팍스는 생각했다.

"오랫동안 인간들을 잘 지켜봐야지. 그러면 인간들이 보여줄 거야."

22

새뮤얼은 제비뽑기에서 짧은 지푸라기를 뽑았기에 샛강을 찾아서 덤불 속으로 터벅터벅 나아갔다. 피터와 제이드는 가장 넓게 흐르는 강에서 물과 침전물을 채집했다. 그곳은 고요하며 초록 이끼가 푸릇푸릇하게 빛났다.

제이드가 강에서 나와서 피터에게 병 하나를 건넸다. 그러고는 캠프 탁자 옆 나무 몸통에 몸을 기대고 강물을 내려다보았다.

"몇백 미터나 이어지는 정말 완벽한 강이야."

피터는 병에 라벨을 붙이며 웃었다.

"새뮤얼 형이 그러는데 누나는 물이 굽어 흐르는 곳에서 항상 똑같이 말한다는데요. 이렇게 말했어요. '저 애는 흐르는 물을 진짜 엄청 좋아해.'"

제이드는 고개를 끄덕이며 말했다.

"난 강을 좋아해. 특히 이 강을 정말 좋아하지. 아, 흐르는 강 치고는 크기가 그렇게 대단하지 않다는 건 나도 알아. 어떤 곳은 너비가 3미터 정도밖에 안 되니까. 샛강으로 줄어들지 않을 정도이긴 하지만, 그렇게 크지는 않잖아, 안 그래? 크기는 작아도 뜻은 한결같아."

"뜻이요? 무슨 말이에요?"

"강은 언제나 움직여. 뭐든 결코 멈추지 못하게 해. 마치 고인물이 썩는다는 것을 아는 것처럼."

피터는 병을 내려놓고 새로운 관심을 품고 강을 쳐다보았다. 제이드의 얘기에 귀를 기울이고 있는 게 좋았다.

"게다가 이 강은 특별해. 있지, 이 강은 내 강이야."

"누나의 강이라고요?"

"우리 할머니하고 할아버지가 이 강에 사셨어. 약 100킬로미터 정도 아래. 흠, 지금도 살고 계시지. 아주 작은 마을이어서 전쟁을 구경한 적도 없고, 우물이 있어서 아무도 마을을 떠나지 않았어. 내가 어렸을 때는 여름마다 할머니, 할아버지와 함께 지냈어. 나한테 노를 젓는 배가 있어서 강물이 어디에서 굽었는지, 또 비버들이 지은 댐과 백조들의 둥지도 다 알았어. 그러니까 내 강이라고 할 수 있지."

제이드는 새로운 병을 집어서 물을 다시 담았다. 한 시간 동안 능수능란하게 일을 해냈다. 강은 늦은 오후의 햇빛을 받으며 조용히 재잘거렸다. 마치 강이 서두르지 않고 기다리는 듯했다. 피터는 평화로운 물살과 함께 둥둥 흘러가는 느낌이 들었다.

마침내 제이드가 팔꿈치를 쿡 찌르자 피터는 화들짝 놀랐다. 피터는 손에 든 표본 상자를 내려다보았다.

"제가 잘못 썼나요?"

제이드는 고개를 저으며 두 사람 위에 있는 소나무 가지로 눈길을 돌렸다. 그러고는 소곤거렸다.

"저 녀석 보여? 박새 말이야? 우리한테 오려고 하는 것 같아."

피터는 그 박새를 찾아보았다. 적어도 3미터 위쪽에서 자신들을 열심히 들여다보고 있었다.

"흠, 날개가 있어서 겁이 없는 거예요. 그래도 바짝 다가오지는 않을 것 같은데요."

"아닐걸. 우리가 여기에서 배낭을 푼 다음부터 내내 맴돌고 있어. 호기심이 많아. 우리가 약간이라도 기회를 주면 곧장 다가올 거야. 지켜보라고."

제이드는 주머니에서 그래놀라 하나를 꺼내서 박새에게 자랑하는 것처럼 위로 들어 올리고 살살 포장지를 벗겼다.

땅바닥에 책상다리를 하고 앉은 다음 옆자리를 손으로 톡톡 두드렸다. 피터는 마커 펜을 내려놓고 제이드 옆에 편안하게 자리를 잡고 지켜보았다.

제이드가 피터를 깜짝 놀라게 했다.

"네가 해볼래?"

제이드가 소곤거렸다. 제이드는 그래놀라를 잘게 부수어 피터의 손에 올려놓고 나머지는 주머니에 넣었다. 그러고는 피터의 손바닥을 펼쳐서 팔을 위로 들어 올렸다. 제이드가 박새를 향해 소리쳤다.

"이거 보이지? 우린 친구야."

그러고는 피터를 향해 말했다.

"계속 얘기해도 돼. 하지만 부드럽고 편안하게, 알았지? 그리고 갑작스럽게 움직이면 안 돼."

한순간 피터와 제이드와 박새는 서로를 지켜보면서 그렇게 앉아있었다. 문득 제이드가 피터에게 살짝 고개를 돌렸다.

"이따금 말이야, 저 애들이 우리하고 이어지려 한다는 느낌이 들지 않니? 마치 저 애들이 이렇게 말하고 있는 것 같아. '이봐, 너 배고프지. 나도 배고파. 우리는 비슷한 게 많아!'"

피터는 고개를 끄덕이며 강을 내려다보았다.

"저한테 여우가 있었을 때……."

한순간 목이 메어왔지만 그 말을 힘겹게 내뱉었다.

"저한테 여우가 있었을 때, 사람들이 항상 같은 이야기를 저에게 했어요. '내가 숲속을 걸어가고 있는데 길옆에 여우가 멀찍이 있는 걸 알아차렸어. 마치 같은 방향으로 걸어가고 있는 것처럼 말이야. 그게 다야.' 사람들은 늘 여우가 자기들을 지켜본다고 설명했어요. 그러니까, 사교성이 좋다고 할까요, 무슨 말인지 알죠? 똑같아요. 그러고 나서 그 사람이 계속 걸었는데 그 사실

147

을 까먹었어요. 나중에 내다봤더니 거기에 또 여우가 있는 거예요. 그리고 또 그랬죠. 모두가 같은 말을 했어요. 마치 그 여우가 이렇게 말하는 것 같았대요. '이봐, 나 걸어가고 있어, 너도 걸어가고 있지. 우린 함께 걸어가고 있는 거야. 근사한데.'"

박새가 나뭇가지 몇 개를 펄쩍펄쩍 내려와서 목을 쭉 내밀고는 피터가 손에 내밀고 있는 것을 자세히 들여다보았다.

제이드가 말했다.

"나도 그런 일이 있었어. 다람쥐, 까마귀. 언젠가 한 번은 새끼 사슴 한 마리가 나를 따라왔는데 나중엔 어미가 그 녀석을 가로막았어. 그건 어미를 탓할 수는 없지. 우리가 사슴을 먹으니까."

피터는 가장 낮은 곳까지 내려온 박새를 지켜보았다. 박새가 어깻죽지 아래 깃털을 쑤셔대더니 고개를 들어 피터를 빤히 들여다보았다.

피터는 목소리를 한껏 낮추었다.

"사람들이 다 이렇게 말했어요. 선택받은 느낌이라고요, 마치 여우가 신뢰할 가치가 있다는 결정을 내린 것처럼요."

박새는 솔잎을 살짝 흔들어대며 나뭇가지 옆으로 걸어왔다. 피터와 제이드는 박새 손님에게 예의를 갖추듯 이야기를 멈추었다.

피터는 박새가 움직이는 것을 곁눈으로 흘끗 보았다. 가운뎃손가락 끝에 새가 내려앉는 것과 앙증맞은 발톱을 꽉 조이는 것이 느껴졌다.

제이드는 꼼짝하지 않았다. 피터를 향해 유쾌하게 눈썹을 씰룩 들어 올렸다. 피터도 제이드를 향해 어깨를 으쓱해 보였다. 몸 전체로 소리 없는 웃음의 열기가 퍼졌다. 제이드는 느릿느릿 얼굴을 돌려 먹이를 먹는 새를 바라보며 활짝 웃었다. 그 웃음은 어떤 동물과의 경계도 끊어버릴 것 같았다.

박새가 가슴 깃털을 부풀리고는 횡하니 날아가자 피터는 크게 웃음을 터뜨렸다. 그러다 문득 떠올랐다. 이것은 또 다른 제이드의 친절이었다. 비밀 무기. 제이드는 피터에게 야생동물과 함께한 순간을 주었고, 이제 피터는 웃을 줄 아는 소년이 되어 있었다.

제이드가 나머지 그래놀라를 꺼내 둘로 나누어서 한 조각을 피터에게 내밀었다.

"교감. 새와 함께. 우리가 얼마나 운이 좋은지 믿을 수 있겠어?"

피터는 한 입 베어 물고 생각에 잠겼다.

"볼라 아주머니가 저한테 운이 좋다고 그러셨어요. 제가 여우한 마리를 키웠다는 말을 들으시고요. 많은 사람들이 야생동물과 그런 유대를 맺지는 못한다고요. 그걸 '둘이지만 둘이 아닌' 유대라고 했어요. 이어졌다고요. 불교의 개념이에요."

제이드는 고개를 끄덕였다.

"비이원론(非二元論, Nondualism)이라고 해. 나 그거 들어봤어. 돌아가면 또 다른 동물을 키울 거니?"

"돌아가요?"

"집. 볼라 아주머니 집으로 가면……. 복무가 끝나고 나면 말이야."

아마도 그 박새였을 것이다. 아마도 나른하게 졸졸졸 흘러가는 강이었을 것이다. 뭔가가 피터를 달래어 경계심을 풀어놓았다.

"저 안 돌아갈 거예요. 제 옛날 집이 저기 공장 터 지나서 있어요. 거기로 갈 거예요."

제이드가 다시 자리에 앉았다.

"하지만…… 거기 누가 있는데?"

"지금은 아무도 없어요. 하지만 워터 워리어를 마치고 나면, 사람들이 돌아올 거예요."

"아니, 내 말은……."

제이드는 두 손을 허벅지 위에 포갰다. 마치 달래는 것 같았다.

"넌 열세 살이야. 혼자서는 살 수 없어."

피터는 조금씩 조심스러워졌다.

"아, 제 이야기는요…… 확실한 건 아니에요. 지금 당장 가려는 게 아니에요. 우선, 저는…… 아버지 유해를 뿌릴 거예요. 그리고 집 근처를 둘러보고 있잖아요. 그게 다예요. 거기에 한 2주 있을 거라고요, 제 말은."

제이드는 한순간 불편하게 피터의 눈을 들여다보았다. 마침내 시선을 돌렸다.

"흠, 어쩌면 거기에서 네 동물을 얻게 되겠네. 네가 문을 열자마자 넌 혼자가 아닐걸. 확실해."

"무슨 뜻이에요?"

"사람들은 떠나야 할 때 동물들까지 버리고 떠나. 네가 돌아왔다는 걸 알아차리면 동물들도 근처로 돌아올 거야."

하지만 피터는 자기 집은 그렇지 않다는 걸 알았다. 팍스는 5년 동안 자기 마당에 영역을 표시해 두었다. 고양이도 강아지도 감히 그곳을 침범하지 않았다.

"아니요, 그런 일은 없을 거예요. 동물을 또 키우고 싶지는 않아요."

제이드는 다시 피터를 면밀히 살펴보았다. 무슨 말을 하려고 입을 열었다. 그런데 그때 새뮤얼이 돌아왔다.

"내일 폭풍이 닥칠 거야. 우리, 일찍 출발해야 해."

피터는 벌떡 일어나 새뮤얼이 옷 벗는 걸 도와주었다. 그다음 피터는 분주히 자료를 기록하고 나뭇가지를 모으고 불을 피웠다. 장비 챙기는 걸 도와준 뒤에는 자원해서 식사 당번을 맡았다. 불 위에 콩 통조림을 올려두고 콩을 젓는 일에 몰두하는 척했다. 마침내 접시를 건네고 다들 식사를 하고 설거지를 했다.

그러는 내내 피터는 제이드가 자신을 지켜보는 걸 느꼈다.

두 마리의 여우는 이끼로 둘러싸인 굴에서 세상이 깨어나는 모습을 지켜보았다. 붉은 날개의 블랙버드가 강 건너 버드나무 가지에 자리를 차지하고, 얼룩 다람쥐가 죽은 오크나무 주위 나뭇잎 더미 속에서 도토리를 찾아 쪼르르 달려갔다. 하루살이들이 안개 낀 것처럼 물위로 떠올랐다. 마침내 팍스에게 가장 요긴한 손님들이 왔다.

까마귀 한 쌍이 텅 빈 오크나무 속으로 들어가자 다른 새, 또 다른 새가 후다닥 따라 들어갔다. 이내 나무는 까마귀들의 수다로 생기가 넘쳐났다.

"잘 들어봐, 까마귀는 빨리 날기도 하고 멀리 날아다녀. 무슨 일이 일어나는지 다 알지. 게다가 까마귀는 인심이 후해. 소식을 다 알려주거든."

팍스가 새끼에게 가르쳤다.

팍스와 새끼 여우는 공격할 의도가 없다는 것을 까마귀 떼에게 확실하게 보여주려 꼬리를 바짝 낮추고 나무 밑동으로 걸어가서 자리를 잡았다.

"뭐가 들리니?"

새끼 여우는 집중했다.

"까마귀가 화가 났어요."

"그래. 왜지?"

"인간들. 대규모 인간 무리가 북쪽에서 강을 따라 내려와요."

팍스와 새끼는 집중해서 들었다. 그 대가로 많은 정보를 알아냈다. 바로 저수지에서 야영을 했던 사람들이었다. 그 사람들 사이에 젊은이도 몇 명 있었다. 이 사람들은 느릿느릿 움직이고 있다고 까마귀들이 알려주었다. 평화로워 보이지만 작년에 본 전쟁병에 걸린 인간들처럼 장비를 들고 다닌다고 했다.

팍스는 자리에서 일어나 총총 걸었다. 천천히 움직이는 인간들은 언제든 빨리 움직일 수 있다. 평화로운 인간들이 느닷없이 공격적으로 바뀔 수 있었다.

팍스는 덫에 갇힌 기분이 들었다. 전날 새로운 인간이 피운 불 냄새를 맡는데 이번에는 동쪽으로 갔다. 그러니까 강을 따라서 가는 게 그래도 가장 안전했다. 더더욱 중요한 점은 강물이 자신들의 체취를 가려준다는 것이다. 코요테나 곰한테서도 안전할 수 있을 거다. 팍스는 두 가지 중에서 선택할 수 있었다. 강을 따라 북쪽으로 가서 브리스틀이 있는 집으로 돌아가거나, 아니면 남쪽 브로드벨리로 갔다가 집으로 돌아가는 것이다. 북쪽으로 향하면 대규모 인간 무리를 만날 것이고, 남쪽으로 가면 피터와 인간 동료 둘을 만나게 될지도 몰랐다.

가족한테 강력하게 끌렸지만, 정말이지 그건 선택할 수 없었다. 대규모 인간 무리는 위험성이 높다. 피터는 자신들에게 절대 해를 끼치지도, 또 인간 동료들이 자신에게 해를 끼치게 내버려두지도 않을 거다.

팍스는 새끼에게 다시 돌아갔다. 이제 새끼는 헛간 지붕이 폭풍에 뜯겨 나가 산더미 같은 옥수수가 드러났다고 까마귀들이 떠들어대는 소리에 귀를 기울이고 있었다.

"우리, 떠날 거야."

"집으로?"

"아직은 아니야. 우선 브로드벨리로 갈 거야."

팍스는 정말이지 서두르고 싶었다. 하지만 길을 떠나려면 우선 새끼 여우에게 영양이 필요했다. 팍스는 새끼를 강둑으로 이끌었다. 그곳에서 민물거북의 지독한 냄새를 맡은 적이 있었다.

팍스는 새끼에게 부드러워 보이는 곳을 보여주고 땅을 팠다. 한 5센티미터 파내고 가죽처럼 질긴 알을 셀 수 없이 많이 퍼올렸다. 팍스는 재빨리 배를 채우고 딸에게도 가능한 한 실컷 먹으라고 일렀다.

새끼는 알 하나를 빙빙 돌리더니 발 위에 고개를 내려놓았다.

팍스는 질긴 껍질 하나를 새끼의 코 밑에 깨서 노른자를 쏟아냈다.

새끼는 시험 삼아 맛을 보더니 이내 게걸스럽게 핥아먹었다. 다른 알에 발을 내밀어 직접 알을 깨더니 기분 좋게 핥았다. 새끼는 또 하나, 또 하나, 또 하나를 먹었다. 팍스는 마음이 놓였다. 음식을 먹은 지 며칠 만이었다. 이제 배가 빵빵했다.

때가 됐다.

팍스는 진흙투성이 강둑을, 그러고 나서 더 높은 마른 땅을 살펴보았다. 물에 발이 젖는 게 싫었지만 그래도 물속을 걸어가는 게 위험에서 자신을 보호하는 가장 좋은 방법이다. 그래서 강을 따라 내려가며 길을 나섰다. 이따금 갈대밭을, 이따금 조약돌이 깔린 낮은 물가를, 이따금 너무 깊어 헤엄도 아무 소용없는 물살을 헤치며 나아갔다.

언제나 물고기처럼 소리를 내지 않았다.

24

폭풍이 갑작스레 일제히 총을 쏘아대는 것처럼 세차게 불어
왔다. 이윽고 폭우가 거칠게 내렸다. 피터는 제이드와 새뮤얼에
게 두툼한 삼목 나뭇가지로 임시 막사 짓는 법을 가르쳐주었다.
그러고는 그 아래에서 거의 온종일 내내 웅크리고 있었다. 흠뻑
젖었지만 뻥 뚫린 곳에 내몰리지 않아서 감사했다.

마침내 폭우가 그치자, 피터는 마른 옷으로 갈아입고 아침에
갈대를 잘라서 비옷 장비 뒤에 꾸겨 넣었던 갈대 뭉치로 불을
피웠다.

갈대가 뜨거운 불꽃을 일으켰다. 하지만 나무는 연기를 피워
올리며 식식거렸다. 그래도 음산한 불이 모두의 기운을 북돋아
주었다. 차가운 비스킷과 육포를 먹은 뒤 세 사람은 불 앞에 있

는 통나무에 나란히 앉아있었다.

제이드가 책 한 권을 꺼내고, 피터와 새뮤얼은 시간을 보내기 위해 나무를 깎기 시작했다. 잠시 후, 새뮤얼이 칼을 내려놓고 피터를 쳐다보았다.

"넌 칼도 잘 다루네."

피터가 반박했다.

"아니요. 칼이 중요해요. 이거 진짜 낡았지만 최고예요."

정말 그랬다. 그건 볼라의 칼이었다. 피터는 그 칼을 받은 다음부터 거의 언제나 항상 가지고 다녔다. 조각한 니켈 받침과 단풍나무 손잡이가 있어서 예쁜 데다가 아주 잘 들었다. 손에 잘 잡히고 나무도 잘 깎였다.

"여기요. 써보세요."

피터가 새뮤얼에게 칼을 내밀며 말했다.

새뮤얼은 크리스마스 아침의 어린아이처럼 활짝 웃으며 그 칼을 잡았다. 피터는 뒤로 몸을 기울였다. 고작 일주일 만에 이렇게나 쉽게 한 팀이 되다니! 그때 무선 연락 장비에서 소리가 흘러나왔다.

새뮤얼이 칼을 내려놓고 벌떡 일어났다.

"비상경보야."

무선 연락 장비를 배낭에서 꺼내 빈터로 가지고 가서 몸을 숙이고는 치지직치지직 소리에 귀를 기울였다.

잠시 뒤, 새뮤얼이 무선 연락 장비를 들고서 불가로 돌아왔다.

"그 공장 터 작전이 적어도 일주일 연기됐다네. 어쩌면 이 주일지도 모르고. 폭풍 해일 때문에 댐 상류가 파괴되었대. 우리 부대는 거기로 방향을 바꾸어 가고 있어."

제이드가 물었다.

"우리도 거기에 합류하는 거야?"

"아니, 우리 부대는 이미 떠났어. 우리를 기다릴 수가 없었대."

제이드와 새뮤얼은 서로를 쳐다보았다. 둘 사이에 비밀스러운 무언가가 오가는 게 보였다.

제이드가 물었다.

"그렇다면 그 뜻은……?"

제이드의 웃음이 커지기 시작했다. 새뮤얼이 고개를 끄덕였다.

"그래, 우리 부대가 여기 올 때까지 우리는 자유라는 거지. 그러니까……."

제이드는 뜻밖의 기쁜 표정을 지으며 입가에 두 손을 가져다 댔다.

새뮤얼도 왜 그렇지 않겠느냐는 몸짓으로 어깨를 들썩였다. 새뮤얼도 퍽 기뻐 보였다.

피터가 물었다.

"뭐예요?"

제이드가 대답했다.

"그 공장 터 임무가 끝나면 며칠 휴가를 요청할 예정이었어. 우리 할머니하고 할아버지가 계신 곳으로 가서 결혼식을 올리고 싶었거든. 있잖아, 우리 할머니 건강이 그렇게 좋지 못해. 그래서 굳이 기다리고 싶지 않거든. 그러니까 지금, 음…… 우리는 당장 결혼할 수가 있다는 거지."

제이드는 새뮤얼을 올려다보고 말했다.

"그래도 우리, 그 공장 터로 장비를 가져가야 되는 거야?"

새뮤얼은 고개를 저었다.

"또 다른 좋은 소식은 말이야, 내일 저 급류를 건널 필요가 없다는 거지."

늘 그렇듯이 제이드가 새뮤얼의 짧은 단어를 풀어주었다.

"마지막 샛강, 그 낡은 공장 터로 가기 전에, 강의 너비가 100미터쯤으로 퍼져서 15미터 정도 급히 떨어져 내려. 정말로 위험할 거야."

피터가 말했다.

"저 그곳 알아요. 제가 어렸을 때 거기 급류에서 놀곤 했어요. 그렇게 나쁘지 않아요."

제이드가 말했다.

"지금은 달라. 지난가을, 사람들이 그 낡은 공장 터 위 다리를 폭파해서 그 지역 전체를 위태롭게 만들었어. 게다가 비가 많이 왔잖아."

제이드가 강을 향해 손짓하며 이어 말했다.

"원래보다 이미 30센티미터는 물이 불었어."

제이드가 새뮤얼을 향해 말했다.

"그러니까 이 장비로 무얼 하지?"

"부대에서는 우리가 내일 아침 루트 세븐 교차로에 있는 경비대 초소에 전부 다 가져다 놓기를 바라고 있어."

제이드의 얼굴이 밝아졌다.

"가는 길이잖아. 우리 할머니, 할아버지하고 일주일 내내 보낼 수 있어. 그렇지?"

제이드는 지저분한 카고팬츠*를 잡아당겼다.

"문명 생활 좀 하자! 재활용 상점에 들러서 진짜 내 옷 좀 찾자!"

제이드는 피터의 무릎을 톡톡 두드렸다.

"물론 너도 우리랑 같이 가는 거야. 우리 할머니 집은 아주 크거든. 방이 많아. 네가 우리의 영광스러운 손님이 되는 거야."

피터는 주춤 뒤로 물러났다. 조심스럽게 마지막 비스킷을 싸면서 그 말을 가늠해 보았다. 하지만 답을 알았다.

"저는 안 돼요."

피터는 제이드에게 음식을 건네며 말했다.

"우리 짐을 싸야 할 것 같아요."

제이드는 몹시 실망스러워했다.

"그렇다면 좋아. 알았어. 새뮤얼, 무전기 가져와. 사람들이 그 물건을 챙겨 갈 때 피터도 같이 데리고 갈 수 있냐고 확인 좀 해 봐. 피터를 부대로 돌려보내지 뭐."

---

* 주머니가 여러 개 달린 헐렁한 바지

피터가 말했다.

"아니, 그러지 말아요. 저는 제가 살던 옛날 집에 들어가 살 거예요. 할 일이 많아요."

제이드가 눈을 가늘게 떴다.

너무 늦었다. 피터는 자신이 무슨 말을 했는지 깨달았다.

"새뮤얼."

제이드가 피터에게서 시선을 거두지 않고 말했다.

"짐 싸는 것 좀 맡아줄래? 우리 친구하고 단둘이 잠깐 할 이야기가 좀 있어."

새뮤얼이 자리를 뜨자 제이드는 눈썹을 치켜뜨며 피터를 뚫어 져라 쳐다보았다. 고요한 가운데 급류가 천둥소리처럼 희미하게 들려왔다. 멀리 떨어져 있지만 심상치가 않았다. 피터는 몸을 돌리며 침낭에 시선을 두었다. 피곤하다고, 머리가 아프다고 말할 수도 있었다.

"들어가 산다고?"

마치 피터가 불쑥 뛰쳐나가려 한다는 걸 아는 듯 제이드는 피터의 손 위에 자신의 손을 올렸다. 제이드는 차분히 말했다.

"이제 알았어. 네가 뭘 하려는지 이해했어."

제이드의 손은 흔들림 없고 부드러우며 위험하지 않았지만, 피터에게는 위험하게 느껴졌다. 하지만 피터는 뛰쳐나가지 않았다.

제이드가 말했다.

"너는 좋아하는 것도 없어. 저기 봐라 아주머니 집으로 가지도 않아. 아무도 없는 마을에 너 혼자 살기 시작한다고? 돌봐 줄 사람도 없어. 너를 신경 쓰는 사람도 없어. 올 사람도 없고."

제이드의 눈동자 속에 모닥불의 작은 불꽃이 반사되었다.

피터는 대답하지 않았다. 물론 그것을 생각했다. 하지만 그게 바로 정확히 피터가 바라는 바였다.

"하지만 그렇게 되지 않을걸. 안전하지 않으니까. 넌 죽고 말 거야."

피터가 고개를 들었다.

"아니, 넌 숨을 멈추지는 않겠지. 뭐, 그런 일은 없을 거야. 하지만 네 삶이 끝나게 될 거야. 어쨌든 중요한 방식에서 말이야."

피터는 통나무 껍질 아래 엄지손톱을 밀어 벗겨내며 생각했다. 사실, 제이드가 생각하는 중요한 방식으로 살지 않아도 그건 괜찮을 것이다. 여기 숲속에서 삶의 중요한 부분은 그저 생존이라는 것을, 자신의 임무를 해내는 것이란 사실을 알았다. 혼자 사는 것, 그것만으로도 충분할 수 있다. 그것만으로도 족할 수 있다. 여기 밖에서는 피터가 하는 행동이 모두 단순하고 분명해 보였다. 여기 밖에서는 너무 열심히 일하느라 잠자리에 기어들어 갈 때면 마음을 아프게 하는 어떤 것도 떠올릴 수 없을 만큼 피곤했다. 그냥 이렇게 괜찮게 살 수도 있었다.

제이드가 말했다.

"게다가 그 정도면 운이 좋은 거지. 분명 누군가 올 거야. 자그마한 친절 한 조각 같은 거 말이야. 네 마음속 아주 자그마한 틈으로 파고들 거야. 넌 그것이 다가오는 것을 보지도 못할걸."

피터는 볼라 아줌마를 생각했다. 자신이 아줌마를 가족처럼 얼마나 가까이 다가오게 했는지, 이 한 쌍의 커플에게 얼마나 빨리 마음을 열었는지를 생각했다.

하지만 이제 지켜보고 있었다. 이제 전부 다 지켜볼 것이다. 다가오는 것을 볼 거다.

제이드가 자리에서 일어났다. 숲 전체를 껴안을 것처럼 두 팔을 벌려 기지개를 켰다.

"내일은 대단한 날이야. 그리고 대단한 일주일. 내가 결혼을 한다고! 난 잠자리에 드는 게 좋겠어."

제이드가 자리를 뜨고 나서, 피터는 그 자리에 그대로 남았다. 오랫동안 통나무에 앉아있었다. 장작불이 잦아들 만큼 오랫동안, 냉기가 청바지로 스며들어 뒤쪽 허벅지에 감각이 없을 만큼 오랫동안…… 별이 뜨는 모습을 지켜보았다. 그리고 어둠에 눈이 익자, 박쥐가 소리 없이 강물 수면 위로 내려와 먹이를 잡는 모습이 눈에 들어왔다. 발치에서 개미 떼가 비스킷 가루 조각을 옮기고 있었다.

갑작스레 희망이 느껴졌다. 이런 작은 동물들이 평범한 생활을 하는 모습이 피터의 삶도 단순할 수 있다는 것을 피터에게 보여주는 듯했다. 그것은 마치 신호 같았다.

개미들이 한 줄로 나란히 이 작은 목표물을 가지고 통나무 끝 나무껍질 사이로 나아가는 모습을 지켜보았다.

그 안에, 피터 바로 아래, 개미굴이 있었다. 거기에 알을 낳을 방이, 음식을 저장할 공간이, 여왕벌의 방이 있을 거다. 이 죽은 통나무 안에 확장된 전체 공동체가 있다. 작은 틈으로 파고 들었을 테고. 이 통나무는 그것이 다가오는 것을 보지 못했다.

피터는 자리에서 일어났다. 이제 보니 피터는 신호를 전혀 믿지 않고 있었다.

25

팍스는 폭풍이 다가오는 냄새를 맡았다. 그리고 그것을 새끼에게 가르쳐주었다.

"멀리에서 비 냄새가 나. 바람이 저 혼자 모였다가 멋대로 내리치는 거야."

"위험해?"

새끼가 물었다. 번개가 처음으로 하늘을 쩍 갈라놓았다.

"아니. 힘이 무척 세. 그래도 위험하지는 않아."

갑작스레 서늘한 바람이 몰아치자 팍스는 빽빽한 덤불 속에 몸을 숨기라고 새끼에게 알려주었다. 비가 좀 잦아들자마자 둘은 계속 나아갔다. 팍스는 새끼에게 온몸으로 폭풍을 받아들이고 콧구멍을 벌려 그 기운을 품으라고 했다.

다음 날, 여행은 순탄했다. 새끼는 움직이는 게 좀 나아졌다. 왼쪽으로 뒤뚱거린다는 것을 예측하고 그걸 감안하니 좀 덜 넘어졌다. 아비를 따라잡기로 마음을 먹었으니 아비보다 좀 덜 쉬어야 했다. 그 고요한 연못이 내리친 질병이 뭔지 몰라도 점차 회복되고 있는 것 같았다.

길을 따라가는 동안 다시 새끼의 호기심이 일었다. 팍스는 세상에 대해 많은 것을 딸에게 일러주었다.

새끼는 다시 배가 고파졌다. 새끼가 먹고 싶은 것은 알, 오로지 알뿐이었다. 넉넉한 봄날의 둥지에서 민물 거북이, 쇠오리, 딱따구리, 거위의 알을 실컷 먹었다. 새끼가 먹는 것을 보니 팍스의 걱정이 누그러졌다.

물가로 들어설 때마다 팍스는 소년이 최근에 지나갔다는 것을, 그리고 여전히 건강하다는 것을 알았다. 그걸 알면 늘 마음이 편안했다.

문득 소리가 들렸다.

팍스는 그 소리를 알아들었다. 바위로 쏟아지는 물소리다. 이윽고 소리가 좀 잦아들었다. 그레이가 죽고 런트가 다리를 잃었으며 팍스가 소년을 떠났던 강가에서 나는 소리였다. 브로드벨리가 그리 멀지 않았다.

저 브로드벨리에는 먹을 게 넉넉할 거다. 새끼는 거기에서 계속해서 힘을 키워나갈 거다. 곧 브리스틀과 남은 가족에게 돌아갈 수 있을 거다.

한 시간 동안 더 강가를 걸었다. 이제 강은 더 빠르게 흘러갔다. 마침내 동쪽 하늘이 분홍빛으로 물들고 새끼 여우가 지치기 시작했다.

팍스는 큼지막한 바위 아래 쉴 만한 곳을 눈여겨보고는 푹신한 이끼를 찾아 잠자리를 골랐다. 새끼와 함께 몸을 웅크리고 소리에 다시 귀를 기울였다. 여전히 반 시간 정도 가야 하는 곳, 급하게 떨어져 내리는 물소리가 무척 컸다.

새끼는 아비의 불안을 눈치챘다.

"위험해요?"

새끼는 궁금해했다.

그 질문의 답을 팍스는 알지 못했다.

피터는 물가에 서서 아래를 내려다보았다. 1년 전 폭포와는 완전히 달랐다. 저 폭포 한가운데 커다란 바위가 두어 개 든든하게 자리 잡고 있어서 거기에서 펄쩍 뛸 수 있었다. 이제 물이 폭넓게 쏟아져 내리며 마치 화가 난 것처럼 귀를 찢을 듯이 울부짖었다.

새뮤얼이 소리쳤다.

"우리는 이쪽으로 갈 거야, 서두르자."

피터는 떠난다니 기뻤다. 하지만 세 사람이 마지막 덤불에서 나와 흙길로 올라섰을 때, 한 대 맞은 것처럼 온몸이 바짝 긴장되었다.

피터가 말했다.

"여기는 그 옛날 공장 터로 가는 지선도로예요. 그렇죠?"

그건 질문이 아니었다. 이 길은 아빠가 피터에게 팍스를 버리라고 했던 길 바로 그 옆으로 이어진다.

새뮤얼이 고개를 끄덕였다.

"거기로 이어졌지. 다리가 폭파되고 난 후부터는 사용되지 않고 있어. 그래도 이쪽은 힘들지 않을 거야. 그동안 험한 길을 걸었으니 날아갈 것 같을걸."

새뮤얼이 옳았다. 길은 쉬웠다. 하지만 불편한 침묵이 흘렀다. 아침 내내 제이드는 피터를 흘끔거리고, 새뮤얼은 피터를 흘끔거리는 제이드를 흘끔거렸다. 피터는 다 모르는 척했다.

마침내 두 시간이 지났을 때 피터는 문뜩 멈추어 서서 배에 손을 가져다 댔다.

1년이 흘렀다. 지금껏 지나쳐온 몇 킬로미터의 나무와 풀과 그곳을 구별할 수 있는 게 아무것도 없었다. 하지만 확신했다. 팍스를 두고 떠나왔던 바로 그곳이다. 피터는 알았다. 아니, 어쩌면 이 장소가 피터를 알지도 몰랐다. 어쩌면 공간에는 추억이 있을지 몰랐다. 피터는 쭈그리고 앉아서 돌멩이를 한 주먹 쥐었다가 손 사이로 흘려보냈다.

제이드가 멈추어 물었다.

"왜 그래, 피터? 뭐가 잘못됐어?"

한순간 대답하지 않으려 했다. 하지만 여기에서 이미 부끄러운 짓을 충분히 했다. 피터는 숲을 들여다보며 말했다.

"옛날에 여기에서 나쁜 짓을 저질렀어요."

새뮤얼이 멈추어 서서 몸을 돌렸다. 새뮤얼과 제이드는 아무 말 없이 기다렸다. 마치 피터가 직접 설명할 때까지 어디든 가지 않을 듯했다.

피터는 배낭을 내려놓고 두 사람에게 들려주었다. 팍스를 버렸던 이야기 전부 다. 자신의 동물을 배반해야 한다는 걸 알면서 아빠의 자동차를 타고 갔던 그 끔찍했던 시간, 장난감 병정을 던졌던 그 대단한 거짓말. 아빠가 자동차 속도를 높였을 때, 자신이 느꼈던 비참함은 마치 저 거친 길 위에 자신의 심장을 피가 뚝뚝 흐르게 내버려두는 것 같았다. 팍스가 지쳐 쓰러질 때까지 죽을힘을 다해 따라오는 모습을 보는 건……

"그래도 찾으러 돌아왔어요. 돌아와서 찾았어요."

피터는 어깨에 배낭을 메고 말했다.

"가요. 더 이상 여기에 있고 싶지 않아요."

피터는 길을 따라 내려가기 시작했다.

제이드가 피터를 따라잡았다.

"기다려. 생각을 짜 맞추고 있는 중이야. 여기가 네 여우를 떠난 곳이라면, 네가 말했잖아. 네가 다시 갔을 때 너희 아버지를 보았다고. 너희 아버지는 그 옛 공장 터에 주둔하셨던 게 틀림없어. 거기가 아버지를 마지막으로 본 곳이야, 맞아?"

피터는 고개를 끄덕였다. 목이 메었다.

"가요, 제발요."

"그러니까 거기가 또한 네 여우를 풀어준 곳이고, 맞니?"

피터는 고개를 푹 숙인 채 다시 고개를 끄덕였다.

"저 공장 터에서 둘을 다 잃었구나."

숲이 점점 더 조용해지는 듯했다. 새들조차 지저귀지 않았다.

제이드가 아주 차분하게 물었다.

"피터, 정말 워터 워리어와 함께 공장 터에서 자원봉사를 할 계획이니?"

진실이 피터를 내리쳤다. 피터는 솔직히 인정하지 않았다. 하지만 아니다. 물론 그럴 수 없었다. 저곳에 결코 두 번 다시 발을 올려놓을 수 없었다.

"피터? 너?"

피터는 고개를 들지도 않고 비참하게 고개를 저었다.

"어디로 가려고?"

피터는 솔직히 말했다.

"몰라요. 아니, 모르겠어요. 이제 왜 그런지 알잖아요."

제이드가 말했다.

"유감이야."

제이드가 쉽게 이해해 주어서 피터는 마음이 놓였다.

"고마워요."

"아니."

제이드가 두 손을 들어 올리며 아니라고 말했다.

"내 말은, 이해했다는 뜻이야. 네게는 끔찍한 곳이야. 넌 화가 났어. 두렵기도 하고. 정말, 정말로 두려울 거야. 미안하지만 네가 회피 할 수 있을 것 같지 않아. 너는 비통해하잖아. 그게 어떤 건지 난 알아. 넌 그 속으로 천천히 나아가야 해. 그러고 나서 밖으로 빠져나오는 거야. 넌 그럴 만큼 용감해."

"난 그렇게 생각 안 해요."

"난 그렇게 생각해. 그건 힘들 거야. 하지만 넌 외롭지 않을 거야. 우리가 거기에 있을 테니까. 아주 잘 해내면, 장소에 대한 네 생각이 달라질 수도 있어. 그다음부터는 물이 깨끗해지도록 네가 힘을 보탠 곳, 사람들과 동물들이 돌아와도 괜찮게 만든 곳이기도 할 테니까. 그것도 이야기가 되는 거야."

피터가 대답했다.

"그럴지도 모르죠."

이윽고 피터는 얼굴을 보이기 싫어서 앞장서서 다시 걷기 시작했다.

27

소리는 이제 으르렁거림이 되었다. 팍스는 내다보았다. 하지만 갈대 사이로 잔잔하게 흐르는 강물만 펼쳐져 있을 뿐이다.

"여기서 기다리고 있어."

팍스는 새끼에게 명령했다. 그러고 나서 좀 더 잘 보려 침착하게 나아갔다.

백 미터쯤 아래에서 강이 뚝 떨어져 내렸다. 팍스는 한가운데로 헤엄쳐 나갔다.

너무 늦었다고 생각하는 순간, 우선 다리를, 그러고 나서 가슴과 엉덩이를 뒤로 빼고 강가로 몸을 밀었다. 강둑으로 다시 올라가려 했다. 처음에는 조금도 나아가지 않아서 깜짝 놀랐다. 팍스는 더 힘껏 헤엄치다가 균형을 잃고 말았다. 겁이 났다.

울부짖는 소리가 들렸다. 팍스는 휙 몸을 돌렸다. 새끼다. 새끼가 팍스 뒤쪽의 물속에서 물 밖으로 고개를 내밀고 올라오려 허우적거리고 있었다. 새끼가 스쳐 지나갈 때, 팍스는 돌진했다.

새끼의 한쪽 어깨를 입에 물었다. 강은 새끼를 더 세게 끌고 갔다. 팍스가 좀 더 단단히 잡으려 하자 새끼가 울부짖었다. 그래서 주둥이를 움직이려고 했다. 그러자 새끼가 몸을 비틀었다. 새끼가 주둥이에서 떨어져 나갔다. 팍스는 나가떨어지는 새끼를 낚아챘지만 그저 물뿐이었다.

새끼가 저만치 빙빙 돌며 멀어져 갔다. 눈동자가 겁에 질려 어쩔 줄 몰랐다. 그러고 나서 수면 아래로 사라져 버렸다. 잠시 후 물가에서 째질 듯한 비명이 들려왔다. 붉은 털이 한순간 보였다. 그러고는 아무것도 보이지 않았다.

팍스는 숨을 몰아쉬며 물살에 몸을 맡기고 물가로 떠내려갔다. 한순간, 땅 한쪽 옆구리가 거대한 틈 속으로 떨어져 내렸다. 강이 마구 화를 내면서 우르르 쾅쾅 소리치며 아래로 내려갔다.

팍스는 물살에 휩쓸려 갔다.

　아래로 마구 휘몰아치는 물속으로 떠내려가다 마침내 바위에 쾅 부딪혔다. 잡을 만한 것을 찾아 허우적거렸다. 찾았다가 놓쳤다. 또 다른 곳을 찾아 다리를 올려놓고 꽉 붙잡고 매달렸다. 거기에서 잃어버린 새끼를 미친 듯이 찾았지만 보이지 않았다. 그 순간 물기둥이 팍스를 옆에서 내리쳐 때려눕혔다.

　팍스는 강물을 삼켰다. 그리고 강물은 팍스를 삼켰다.

28

또 두어 시간 동안 세 사람은 말없이 걸었다. 피터 아빠의 유골은 잰걸음에 좀 더 세게 등을 두드려댔다. 피터에게는 오로지 한 가지 생각만 떠올랐다. 집이 얼마나 가까이 있나 하는 것뿐이었다. 내일 아침이면 확실히 집에 도착할 거다.

마침내 그 경비대 초소에 이르렀다. 제이드와 새뮤얼은 문을 열고 장비를 보관하러 들어갔다. 피터는 밖에 남아 작년에 자기가 이곳을 지나갔을 때 군인이 달려 나왔던 일을 떠올렸다. 군인은 검문을 마치고 이윽고 피터가 반려동물을 찾으러 간다고 말했다. 그러자 그 군인도 자기 개가 걱정스럽다며 사진을 한 장 꺼내 보여주었는데, 그 낡은 사진을 들여다보는 군인의 표정이 완전히 달라졌다. 마치 자기 강아지를 걱정하는 아이처럼 보였다. 이윽고 피터에게 행운을 빌며 피터를 통과시켜 주었다.

어느 순간, 제이드와 새뮤얼이 피터 옆에 와 서 있었다.

제이드는 음식 남은 것을 내밀었다. 옥수수 빵가루 한 상자, 건빵 세 봉투, 말린 사과 반 봉지, 햄 통조림 작은 것 하나. 제이드가 말했다.

"우리한테는 이거 필요 없을 거야. 네가 필요하지."

피터는 고개를 끄덕이며 받아들었다. 음식은 생각해 본 적이 없었다. 집을 떠나기 전 아빠가 집을 깨끗이 치웠다는 게 생각났다. 피터가 말했다.

"쥐가 먹을 것도 안 남겼어요."

새뮤얼이 발을 질질 끌며 말했다.

"자, 이제 안녕인가?"

제이드가 덧붙였다.

"잠깐 동안이야. 일주일이나 2주일 있다가 다시 보자. 공장 터에서."

피터는 돌아서며 거짓말을 해야했다.

"네, 일주일이나 2주 있다가 봐요."

피터는 어깨에 배낭을 멘 두 사람을 교차로까지 따라갔다. 제이드가 새뮤얼의 손을 잡는 모습을 지켜보았다. 그렇게 둘은 함께 가고, 드디어 피터 홀로 남았다. 내가 바라던 것이야. 피터는 그렇게 생각했다. 그렇지만 사실 섭섭했다. 마치 차가운 바람이 옷깃으로 스며드는 것 같았다.

"저기요! 결혼 축하드려요!"

두 사람이 길을 건너자 피터가 소리쳤다.

두 사람은 몸을 돌려 피터에게 손을 흔들었다. 제이드가 외쳤다.

"피터, 잘 지켜봐. 자그마한 친절 한 조각을."

29

팍스는 새끼를 찾았다.

물보라 사이로 새끼가 보이지 않았다. 으르렁거리는 물소리 너머로 울부짖는 소리가 들리지 않았다. 불어 넘친 사나운 강물 위로 새끼의 냄새도 나지 않았다. 이런 것들보다 더 강한 감각 이 새끼를 찾아냈다. 너무 강해서 이름을 붙이기도 어려운 것. 피붙이. 그 본능이 그곳으로, 새끼 여우에게로 향했다.

나무 한 그루가 있었다. 벌레한테 속까지 갉아먹힌 백 살은 먹은 나무. 폭풍 해일이 그 나무를 뿌리째 강 위로 끌고 가서 급 류 바닥에 반쯤 처박아 두었다.

그 뒤엉킨 뿌리 속에 아주 작은 여우 한 마리가 걸려있었다.

팍스는 좀 얕아 보이는 강가에 섰다. 팍스의 발이 닿지 않는 곳에 새끼의 어깨가 걸려있었다. 팍스는 반갑고 두려운 마음에 짖어댔다. 한순간 새끼는 죽어 속이 텅 빈 것처럼, 털가죽만 남은 것처럼 축 늘어져 보였다. 그러다가 문득 눈을 떴다.

팍스는 다시 짖었다. 이번에는 터질 듯한 기쁨으로 짖어댔다. 새끼 아래에서 첨벙거리며 자리를 엿보았다. 그 야트막한 강 뒤로 급류가 들쭉날쭉한 바위를 향해 내리쳤다. 발을 헛디뎠다가는 둘 다 휩쓸려 가고 말 거다.

팍스는 놓치지 않을 거다.

팍스가 뛰어올라 새끼를 빼낼 만큼 길게 늘어진 나뭇가지를 잡았다. 입에 나뭇가지를 단단히 물고 물속으로 들어가서 새끼를 끌어당겼다.

팍스는 새끼를 풀밭 위에 눕히고 몸을 말아 안아주며 이제 무사하다고 달래주었다. 새끼는 안전했다. 흠뻑 젖은 데다 팔다리가 축 늘어졌지만, 피를 흘리지는 않았다. 부러진 데도 없는 것 같았다.

어서 빨리 새끼를 집으로 데리고 가고 싶었다. 형제들과 어미와 함께 저 따뜻한 여우굴에 있으면 바들바들 떨지 않을 텐데 말이다. 브리스틀은 딸을 꼭 안아주고 안전하게 보호해 줄 것이다. 그리고 새끼에게 자신의 강인함을 가득 채워줄 것이다.

브리스틀이 있으면 팍스도 마음이 푹 놓일 거다. 정말이지 그랬으면 좋겠다. 브리스틀을 만나고 나서 이렇게나 많은 시간 동안 떨어져 보낸 적이 없었다. 하지만 브리스틀이 있는 집으로 가는 길은 위험투성이였다. 아무런 위험을 만나지 않는다 해도 이렇게 상처 입고 기진맥진한 새끼한테는 너무 힘든 일이었다.

아직은 집에 갈 수 없었다. 팍스는 지금 당장 새끼에게 은신처를 마련해 줘야 했다.

그리고 한 군데를 알았다.

강둑에서 스무 걸음쯤 힘껏 뛰어갈 수 있는 바로 위쪽에 늙은 솔송나무 한 그루가 있다. 땅바닥으로 가지를 축 늘어뜨린 채 서 있어서 그 아래가 마치 동굴처럼 생겼다. 언젠가 그곳에서 늙은 여우 그레이와 함께 지낸 적이 있었다. 어둡지만 공기가 잘 통하고 여러 계절에 걸쳐 솔가루가 쌓여 푹신했다. 소나무 냄새가 포식자들한테서 여우 냄새를 덮어줄 거다.

새끼를 데리고 가기 전, 혀로 새끼를 핥아주고 몸을 데워주려 햇빛 잘 드는 곳에 남겨두었다. 그리고 나서 그 솔송나무를 빙 둘러보면서 위험한 게 있나 땅바닥에 코를 대고 킁킁 냄새를 맡아보았다. 아무것도 없었다. 하지만 뭔가 다른 걸 알아차렸다. 이 강에 도착한 이후 처음으로 소년의 냄새를 맡지 못했다. 피터의 자취가 급류 끝자락에서 갑작스레 멈추어버렸다.

팍스는 얼른 돌아와서 솔송나무 안쪽으로 새끼를 데리고 갔다. 커다란 나무 몸통 근처에 자리를 잡고 새끼 옆에 바짝 누워서 새끼의 일거수일투족에 온 정신을 집중했다. 새끼가 잠든 후에도 숨을 쉬는 것을 지켜보았다. 그러다가 마침내 새끼 몸에 머리를 내려놓고 눈을 감았다.

바로 그때 자신의 상처를 알아차렸다. 어깨, 엉덩이, 오른쪽 뒷다리에 살짝 통증이 느껴지고 숨을 깊이 쉴 때마다 옆구리가 찌릿 아파왔다.

새끼는 꿈속에서 징징거리며 아비의 품속으로 파고들었다. 팍스는 다시 한번 새끼를 향해 다짐했다. 필요한 건 뭐든 다 해주겠다고.

30

피터는 항상 놓아두었던 곳에서 현관 열쇠를 찾아 집 안으로 들어갔다. 옆쪽 거실 창문 커튼을 활짝 열고 한순간 눈을 깜빡이면서 그대로 서 있었다.

모든 것이 정확히 그대로였다. 그저 1년 동안 먼지가 쌓여 칙칙하기만 할 뿐이었다. 하지만 동시에 어쩐지 모든 게 낯설어 보이기도 했다. 그러니까 현실적이지 않은 것처럼 말이다. 부엌에 가보았다. 그곳에 똑같이 불편한 느낌이 있었다. 마치 누군가 공들여 피터의 옛날 집을 복제하려 했지만, 전부 다 살짝 잘못된 것 같았다.

손을 싱크대에 얹고 서서 두어 번 숨을 들이쉬었다. 그냥 물건이라고 생각했다. 그냥 찬장하고 그릇 그리고 냄비, 그냥 소파

와 의자라고. 그냥 물건이라고, 그래, 부모님이 옛날에 살아계셨을 때 쓰던 물건이어서 그냥 으스스할 뿐이라고. 어쩌면 더 이상 피터의 집처럼 느껴지지 않을지도 몰랐다. 어쩌면 피터가 지은 오두막만큼이나 자신에게 잘 맞지 않을지도 몰랐다. 하지만 여기가 이제 피터가 있는 곳이다.

피터는 부엌에서 걸어 나왔다. 뒤쪽 복도에 아빠의 방 문이 반쯤 열려있다. 피터는 안을 들여다보지도 않고 문을 끌어당겨 닫아버렸다.

옆에 피터의 방이 있었다. 적어도 그곳에서는 괜찮았다. 자신의 방은 언제나 은신처였다. 피터는 방 문을 밀어 열었다. 즉시 마지막으로 그 방에서 지낸 후 잃어버린 그 모든 존재가 희미하게 확 다가왔다.

그저 방일 뿐이라고 생각했다. 걸어 들어가 방을 똑바로 내려다보았다.

구석에 팍스가 좋아하는 장난감, 낮잠을 자던 담요, 창문턱에 팍스의 목걸이, 책상 위에 피터가 한 번도 차본 적 없는 시계와 같이 나란히 있는 야구 트로피, 거의 벗지 않던 야구 모자, 거울에 끼워놓은 야구 경기 티켓 묶음, 방바닥에 널린 학교에서 보낸 구겨진 통지문이 보인다. 작년 봄 마지막 날 아침에 마신 오렌지 주스는 이제 바싹 말라 컵 바닥에서 갈색 반점이 되었다. 그 옆에 낡은 우주 항공기 모양의 스탠드가 있다.

엄마를 잃은 뒤로 그보다 나빠질 수 없을 정도로 엉망진창이 되었다고 생각했다. 멍청하고 평범한 소년이었던 시절의 모든 것이 그대로 있다.

피터는 서랍과 옷장을 열었다. 그러고 나서 그 멍청한 아이가 그 옛날에 입었던 멍청한 옷이 든 옷장을 꽝 닫아버렸다.

침대 위로 몸을 던졌다. 두 팔로 가슴을 감쌌다. 두 팔만이 심장을 잡아줄 것만 같았다.

엄마가 돌아가셨을 때, 아빠는 집 안을 돌아다니며 엄마 물건을 모아다 버렸다. 아빠가 그것들을 어째서 없애고 싶어 하는지 알지도 못하면서 아빠를 졸졸 따라다니며 함께 물건을 모았다. 이제 이해했다. 지금에서야 아빠의 심정을 제대로 알 것 같았다.

전부 태워야 할지도 몰랐다. 불을 피워 옛날 생활이 떠오르게 하는 건 모두 다 태워야 한다.

피터는 방을 나와 뒷문으로 나갔다. 여기 뒷마당에 불을 활활 피우면 될 것 같았다. 불쏘시개를 만들자. 겨울 폭풍에 꺾인 죽은 나뭇가지를 지푸라기하고 같이 쌓고 아빠의 물건을 전부 올린다. 그러고 나서…….

피터는 헛간을 들여다보았다. 맞다. 라이터 기름 깡통이 선반 위에 있었다. 피터는 그 깡통을 끌어내렸다. 그때 칼이 바닥에 툭 떨어졌다.

피터는 그 칼을 집어 들었다. 볼라 아주머니한테서 가져온, 지금 배낭에 들어있는 잭나이프하고 거의 비슷하게 생겼다. 한순

185

간 이 칼을 아주머니한테 보여줄 수 있으면 좋겠다고 생각했다. 그러고 나서 어디에서 이 칼이 생겼냐고, 어째서 자신이 그걸 한 번도 본 적이 없냐고 아빠한테 물어볼 수 있으면 좋겠다고 생각했다. 하지만 그런 생각은 한쪽으로 밀쳐두었다.

피터는 딸깍 칼을 열었다. 칼날은 흠집도 많고 무뎠지만 여전히 멋진 연장이었다. 피터는 정말로 볼라 아주머니의 칼을 좋아했다.

피터는 작년에 먼 길을 가며 그 칼을 사용했다. 팍스를 찾을 것이라 맹세하며 자신의 종아리에 피의 맹세를 할 때 그 칼을 사용했다. 아직도 몸에 흉터가 있다. 이따금 가려울 때 혹시 모기가 바지 위로 날아왔나 궁금했다. 바지를 걷어 올려 보니 피터에게 기억하냐고 묻는 듯한 자그마한 초승달 모양의 흉터가 남아있다.

흠, 피터는 생각을 접어야 했다.

딸칵 칼을 닫았다. 바로 거기 침침한 헛간에서 속죄를 했다. 마음속으로 여우굴 너머에 돌멩이를 세 번 떨어뜨렸다.

그날 맹세의 기억은 강했다. 그래도 속죄는 충분하지 않았다. 여기 피터가 팍스와 살았던 옛집에서는 전혀 충분하지 않았다.

어떻게 될지 알았다. 마지막 장면과 함께하는 속죄, 언제나 너무 겁이 나서 자신을 몰아붙이지 못하는 장면, 비참함에서 새끼 여우를 빼내줘야 한다고 아빠가 말하는 장면. 아빠라면 총을 사용했을 것이라는 사실을 알았다. 빠르고도 깔끔하게. 하지만 피터는 고작 일곱 살이었다. 어쩌면 그 어린 새끼에게 곧장 무거운 갓돌을 떨어뜨릴 만큼 충분히 힘이 셌을 것이다. 즉시 삶이 끝난다. 훨씬 더 인정이 넘친다.

아빠가 처음으로 그 말을 했을 때 분노가 목구멍에서 치밀어 올랐다. 피터는 이를 앙다물고 내뱉듯 소리치며 다시 달렸다.

그냥 해. 계속 걸어. 돌아보지 마.

피터는 눈물을 훔쳐내고 세 번째로 견뎌냈다.

그것으로 충분한 것 같지 않았다.

회피할 수 없다고, 직접 뚫고 지나가야 한다고 제이드가 말했다.

바로 그때, 피터는 그게 무슨 뜻인지 분명히 알았다. 그것은 그 모든 장면으로 돌아가야 한다는 뜻이었다. 낡은 밧줄 공장, 팍스를 보냈던 그곳, 그리고 아빠에게 작별 인사를 했던 곳에 다시 서야 했다. 오늘 밤 피터는 이 집에서 잠을 자면서 뚫고 지나갈 거다. 그러고 나서 내일 아침에는 그 공장 터로 걸어가서 그 모든 상실을 느끼고, 견뎌내고 나서 다시 빠져나올 거다. 그러고 나면 마침내 다시 시작할 수 있을 거다.

31

팍스는 소나무 은신처 속에 누워서 새끼를 품에 안았다. 몸
을 움직일 때마다 쑤셨다. 새끼가 징징거리며 보채는 것을 보니
녀석도 다친 모양이었다.

꼼짝하지 않고 지내다 보면 둘 다 괜찮아질 것이다. 곧 둘은
브로드벨리를 향한 서쪽으로, 그리고 나서 브리스틀에게로 가
는 북쪽으로 갈 거다. 인간이 놓은 불만 꺼졌다면 말이다. 그때
까지 강에서 물을 마실 때 두어 걸음 움직이는 것만 빼고 가능
한 한 꼼짝도 하지 않고 여기에서 쉴 거다.

하지만 새끼 여우가 잠을 자지 못했다. 이리저리 몸을 비틀고
꿈틀거리고 그럴 때마다 아파했다. 새끼가 낑낑거리는데 팍스는
새끼의 마음을 딴 데로 돌릴 수가 없었다.

마침내 팍스는 자기들이 어디에 있는지 알았다.

"예전에 내가 소년과 같이 살았던 곳과 아주 가까이 있어."

새끼는 잠잠해졌다. 또 물었다.

"안 위험해요?"

"이 인간은 위험하지 않아. 나랑 같이 살게 자기 공간을 내줬어."

그러자 새끼는 더 호기심이 생겼다.

"굴에서? 여우들처럼?"

"굴이지. 여우들 굴 같지는 않지만. 인간의 굴은 땅 위에 있어."

이윽고 팍스는 피터와 피터 아빠가 사는 거대한 상자와 그 안의 또 다른 둥지 상자도 함께 설명해 주었다. 그 딱딱한 벽과 미끄러운 바닥에 대해서도.

"흙이 없어요? 여우들은 있잖아?"

"흙은 없어. 여우들과는 달라."

그러고 나서 인간이 집에서 흙을 치우기 위해 사용하는 빗자루에 대해 팍스가 설명하자 새끼는 깜짝 놀랐다. 새끼는 또한 팍스가 설명하는 영속성에 대해서도 퍽 놀랐다. 여우가 계절에 따라 그리고 가는 곳마다 집을 바꾸는 것과 달리 인간들은 집을 자주 바꾸지 않는다는 것, 인간들은 하늘이 잔잔하든, 폭풍이 내리치든 집 안에서 잠을 잔다는 것도 놀라워했다.

"여우 같지 않아요?"

"여우 같지 않아. 그 굴은 그저 잠만 자는 곳은 아니야. 집 안에서 인간들은 쉬고 또 놀기도 하고 음식도 익혀 먹어."

"인간들은 그 상자 안에서 사냥을 해요?"

"사냥하지 않아."

이것은 팍스에게도 수수께끼였다. 인간들은 사냥을 하지 않았다. 인간들의 열매와 채소는 나무나 땅에서 나지 않았다. 그냥 나타났다.

새끼가 아비에게 바짝 몸을 웅크렸다. 아비가 인간들과 어쩌다가 살게 되었는지 알고 싶었다.

그래서 팍스는 자신이 어찌하여 살아남았는지, 그러고 나서 한 곳에서 또 다른 곳으로 옮겨가게 된 이야기를 들려주었다.

새끼는 궁금했다.

"무서웠어요?"

팍스는 곰곰 생각했다.

"무섭지 않았어. 소년이 나를 자기 굴로 데리고 가서 잘 대해주었을 때는. 그런데 그러고 나서 종종 두려울 때가 있었어."

"그래서 달아났어요?"

팍스는 딸의 머리 위에 자신의 머리를 내려놓았다. 깨질 것처럼 약하디약한 새끼의 머리를 자신의 목으로 감쌌다. 새끼의 등에 닿은 팍스의 심장이 세게 고동쳤다.

"소년이 나를 해칠까 봐 두려워한 적은 한 번도 없어. 내가 그 소년을 퍽 좋아하고 난 다음부터는 종종 난 소년이 아플까 봐, 소년이 나를 돌봐주지 않을까 봐 두려웠지."

"인간을 사랑할 수도 있어요?"

"응."

"그게 두려워요?"

"응, 사랑하고 나면 두려워져. 여우들처럼."

팍스는 믿어 의심치 않았다.

옛 공장 터 길을 따라가니 마치 어린아이가 되어 길을 걷는 듯했다. 쇠사슬에 묶인 경비견 두 마리가 안간힘을 쓰며 으르렁거리는 곳을 지날 때마다 친구들과 함께했던 장난이 귀에 들려올 것만 같았다. 높은 박공집으로 가는 진입로는 전쟁이 벌어지기 오래전에 이미 폐허가 되었다. 피터의 목소리를 따라서 "우리는 마녀 안 믿어!"라는 아이들의 함성이 터져 나오지는 않을까 반쯤 기대도 품었다. 회색 얼룩말이 기다리곤 하던 울타리를 지날 때는 사과를 찾아서 주머니를 더듬을 뻔했다.

일단 숲에 들어서니, 숲은 전쟁 전과 똑같아 보이고 느낌도 훨씬 더 강렬했다. 피터와 친구들이 나무 꼭대기까지 올라가 껍질에 이름을 새겨두었던 검은 호두나무 한 그루가 있었다. 피터가 매번 입을 꾹 다물고 비밀로 간직해야 했던 테디 소나무도 있었다. 그 뒤로 아주 작은 골짜기가 있는데 3월에는 천남성*이 피기 때문이다. 엄마는 피터에게 다른 사람 누구에게도 말하지 말라고 단단히 일렀다. 그 풀은 그만큼 무척 희귀했다.

그동안 피터가 살아오면서 기억하는 건 고작 두어 순간뿐이었다. 다른 순간들은 모두 어디로 갔을까? 전쟁이 터지고 물이 오염되었기에 뿔뿔이 흩어진 그 아이들은 지금 어디에 있을까? 텅 빈 마을에 누가 돌아올까?

불쑥 피터는 숲길에서 빠져나왔다. 공장 터와 그 위 너머로 곧장 시선을 들어 올렸다.

"제이드 누나는 내가 무척 용감하다고 말했어."

피터는 그 말을 떠올리며 큰 소리로 외쳤다.

어쩌면 피터는 그럴지도 몰랐다. 하지만 시간이 필요했다. 피터는 시선을 돌려 강물을 내려다보았다.

강둑이 허물어지고 양쪽으로 3미터는 족히 넓게 넘쳐흐르는 강이 첫눈에 들어왔다. 이제 강 너비가 분명 15미터는 될 거다. 20미터 정도 되는 곳도 있어 보였다.

가운데로 흘러내리는 깊이 파인 고랑만 빼고 오늘 아침 수면은 유리처럼 평편했다. 강물은 하늘만큼이나 파란 거울처럼 빛났다. 무척이나 맑아서 제이드가 했던 말, 여기에서 벌어진 일

---

* 둥근잎천남성은 천남성과 천남성 속의 여러해살이풀이다.

때문에 독이 흘러나온다는 말을 믿을 수가 없었다.

피터는 강 위쪽을 올려다보았다. 급류는 여전히 사납게 흘러 내렸지만 그래도 오늘은 훨씬 잠잠했다. 떨어져 내리는 물이 바닥에 부딪히면서 깊은 웅덩이를 고르게 했다. 피터는 저 웅덩이를 잘 알았다. 거기서 하늘을 봤었다. 어렸을 때 저 풍경은 언제나 어리둥절하기도 했지만, 동시에 평화롭기도 했다. 마치 시간이 느긋이 쉬는 것 같았다.

죽은 커다란 오크나무가 망가진 물레방아 바퀴에 걸려서 강물이 빙글빙글 돌아 내려갔다. 반쯤 물에 빠진 나무뿌리가 마치 저 멀리 강둑을 향해 기도하는 듯 보였다. 강 건너편에서 1년 전 보았던 그 바위를 알아보았다. 그곳에서 죽은 여우의 사체를 보고 한순간 팍스일지도 몰라 끔찍하게 겁을 먹었다.

그 바위에서 2-3미터 위쪽으로 거대한 솔송나무 한 그루가 높이 솟아서 8미터 정도의 땅을 나뭇가지가 둥글게 에워쌌다. 피터가 아직 어렸다면 친구들과 함께 부리나케 강을 건너 저 솔송나무로 달려가 그 나뭇가지 아래 공간을 아지트로 차지했을 거다. 하지만 피터는 더 이상 아이가 아니었다. 그 후로 많은 시간이 흘렀다.

피터는 옛 공장 터를 향해 몸을 돌렸다. 올라가는 내내 초원은 확실히 활기차게 살아있는 것처럼 보였다. 높고 짙푸른 풀에서 꽃이 터져 나오고 심지어 바위 사이에서도 싹이 피었다. 엄마가 이 근방의 야생화 이름을 알려주었기에 두어 송이를 꺾었다.

블루벨, 매발톱, '혈근초'라고도 부르는 화이트블러섬. 이름을 참 잘 지었다고 생각했다. 피처럼 붉은 땅에서 올라오니 말이다.

피터는 언덕을 기어오르기 시작했다. 아빠가 자신을 만나기 위해 달려 내려왔던 곳을 지나 허물어 내린 옛 공장 터 벽 안쪽까지 계속 올라갔다. 이곳에 부대의 천막을 세웠었다. 그 마지막 날 피터와 아빠는 천막에 들어가서 아빠의 간이침대에 앉았다. 난생처음으로 그렇게 한 시간 동안 이야기를 나누었다.

침대가 있던 곳, 피터가 앉았던 곳을 찾았다.

아빠는 주로 미안하다는 말을 했다. 많은 것을 후회했다. 피터는 너무 놀라서 사과의 말이 제대로 귀에 들어오지도 않았다. 하지만 마지막 말은 귀에 들어왔다.

"네 여우를 안전하지 않은 길에 혼자 버려두라고 시켜서 정말 미안하다. 더 나은 길이 분명 있었을 텐데."

피터는 자신이 팍스를 능선 위에서 찾아냈다고 대답했다. 그리고 거기에서 피터는 직접 팍스를 놓아주었다. 그건 진실이었다.

그러고 나서 피터가 말했다.

"그러니까 그렇게 하라고 시킨 건 괜찮았어요."

그것은 거짓말이었다.

문득 피터는 마음을 다잡고 아빠한테 힘겨운 소식을 전했다. 할아버지한테 돌아가지 않겠다고, 더 편안함을 느끼는 곳을 찾았다고, 그래서 전쟁이 끝날 때까지 거기에서 살고 싶다고.

"아주머니는 가족은 아니에요. 하지만, 저는…… 거기에서는 괜찮아요. 저는 거기가 좋아요."

놀랍게도 아빠는 화를 내지 않았다.

"괜찮아. 네가 그곳이 좋다면, 안전하다면, 그분은 충분히 가족이지."

그 말이 왠지 친근하게 들렸다. 마치 다른 누군가가 하는 말 같았다. 하지만 피터는 그 말을 곰곰이 생각해 볼 시간이 없었다. 왜냐하면 그때 아빠는 전쟁이 끝나면 상황이 달라질 거라고 약속했기 때문이다.

"더 나은 부모가 될게."

피터는 아무런 생각 없이 대답했다.

"아빠는 좋은 아빠예요."

그것은 진실이기도, 아니기도 했다.

아주 분명하게 피터는 아빠의 얼굴을 볼 수 있었다. 짧은 군인 머리, 면도한 얼굴, 말을 하며 안도감이 가득한 애원의 눈빛. 그것이 피터가 마지막으로 보았던 아빠의 모습이었다. 마치 용서받은 것 같아 보이는 아빠의 모습. 그렇게 끝나서 피터는 다행스러웠다.

피터는 일어섰다. 언덕을 마저 올라가 숲 꼭대기까지 가서 팍스가 자신을 이끌었던 빈터로 넘어갔다.

이곳에서 피터는 또 다른 여우를 궁지에 몰아넣었던 코요테 두 마리를 쫓아냈었다. 그리고 여기에서 팍스를 자유롭게 놓아주었다.

피터는 빈터 한가운데 유칼립투스 나무 아래 앉았다.

어느 쪽 마지막 시간이 더 어려웠을까? 마지막인 줄 몰랐던 아빠와의 시간이었을까? 아니면, 마지막을 알았던 팍스와의 시간이었을까?

피터는 이 빈터를 둘러싸고 있는 노간주나무, 장난감 병정을 던졌던 바로 그 노간주나무 가장자리를 올려다보았다. 이번에는 자신이 무엇을 하는지 팍스가 아는 것 같았다. 그때부터 팍스를 거친 야생으로 보내준 게 과연 옳은 일이었는지 매일 의구심이 들었다. 팍스는 꼬리가 탄 암컷 여우 무리와 함께 야생에 살아야 하지만, 준비가 되지 않았었다.

팍스가 괜찮다는 걸 알 수만 있다면 얼마나 좋을까!

피터는 눈가를 훔쳐냈다. 하루 내내 충분히 떠올렸다. 자신만의 방식으로 슬픔에 빠져들었다. 어쩌면 슬픔에서 몇 걸음 빠져나왔을지도 모른다. 제이드와 이야기를 나눌 수 있으면 좋겠다. 제이드가 강을 가리키며, 물에 관한 은유 섞인 이야기를 하는 게 눈에 선했다.

피터는 언덕을 내려다보았다. 내려가는 길 반쯤 아래, 집으로 가는 길로 돌아서는 곳에, 구릿빛의 무언가가 강을 건너는 게 보였다. 언제나 피터를 사로잡는 색이었다.

여우가 늙은 솔송나무 바위 옆에 앉아있다. 다 자란 커다란 수컷 여우다. 건강해 보였다. 피터는 그저 지켜보기만 했다.

여우가 너무 멀리 떨어져 있어서 털빛의 미세한 차이라든가 찢어진 왼쪽 귀를 확인할 수는 없었다. 손가락이 기억하는 푹신푹신한 털을 느끼거나 집 안으로 안고 들어가면 풍기는 집 밖의 나뭇잎 냄새를 맡을 수도 없었다. 가르랑거리거나 좋아서 킁킁거리는 소리도 들을 수 없었다. 하지만 그런 것보다 더 깊은 감각으로 피터는 알았다.

"팍스!"

피터가 소리쳤다. 달려가기 시작했다. 확실히 이건 미친 짓이었다.

"기다려!"

33

팍스는 소년을 알아보았다. 1년이 지나 목소리는 더 굵어지고 키도 더 자랐지만 바로 그 소년이었다.

팍스는 짖어대며 강둑으로 튀어 나갔다. 피터가 강 맞은편 언덕을 달려 내려왔다.

그런데 팍스가 물속으로 막 뛰어들려는데 새끼가 겁에 질려 마구 비명을 질러댔다. 팍스는 소년을 한 번 더 쳐다보고 나서 허겁지겁 솔송나무 아래의 새끼에게로 돌아갔다.

새끼는 가까운 곳에서 들려오는 인간의 소리를 듣고 잠에서 깨어나 혼자 남아있다는 사실을 알고는 잔뜩 겁에 질렸다. 아비가 와서 마음이 놓이긴 했지만, 피터가 부르는 소리가 다시 들려오자 깜짝깜짝 놀랐다.

"내 소년이야. 위험하지 않아. 네가 잠자는 동안 잠깐 강을 건너서 소년한테 갔다 올게."

새끼는 아비에게 바투 다가왔다.

"내가 보이지 않는다고 해서 너 혼자 있는 건 아니야."

그래도 새끼는 걱정스럽게 고개를 들었다. 피터가 다시 소리쳤다.

팍스는 새끼를 솔송나무 가장자리로 이끌었다.

"물가에서 지켜보면 돼."

하지만 새끼는 밖으로 나가고 싶어 하지 않았다. 바들바들 떠는 왼쪽 뒷다리를 잘근잘근 깨물더니 찔끔 똥을 쌌다. 그러더니 다시 안으로 기어 들어갔다. 부드러운 솔잎 바닥에 몸을 말고는 꼬리를 말아 코 위에 얹었다.

팍스는 새끼 옆에 자리를 잡았다. 그사이 피터의 목소리는 점점 더 잦아들다가 이윽고 멈추었다. 새끼가 눈을 감았다. 팍스는 새끼가 확실히 잠들 때까지 기다렸다. 그리고 나서 강둑을 향해 몸을 돌렸다.

하지만 소년은 가버렸다.

* * *

다음 날, 새끼가 아침잠에 깊이 빠지자 팍스는 강을 건넜다. 마지막으로 소년을 보았던 곳, 옛날 공장 터와 강 사이 언덕 반쯤 아래에 소년이 앉아있었다. 태양은 밝고 공기는 온화했다. 서쪽에서 바람이 불어와 새끼에게 위험이 닥치면 금방 알아챌 수 있다. 팍스는 기다렸다.

곧 옛 친구가 숲길에서 나왔다.

팍스는 너무 반가워 몸을 부르르 떨었다. 펄쩍 뛰어올라 달려가면서 짖어댔다. 팍스는 친밀했던 둘의 관계를 떠올리며 피터의 다리에 대고 뺨을 비벼댔다. 피터가 무릎을 굽혀 안아주자, 팍스는 몸을 돌려 소년의 가슴에 힘차게 몸을 기대며 자기 심장만큼이나 잘 아는 피터의 심장박동을 느꼈다. 이윽고 소년이 건강한지 구석구석 살펴보았다.

둘은 얼싸안고 나서 함께 놀았다. 달리고 구르는 놀이를 했다. 숨바꼭질을 비롯해 예전에 했던 놀이를 다 했다. 익숙하니 퍽 즐거웠다.

그런데 문득 익숙하지 않은 일이 일어났다. 피터는 뛰느라 숨이 차서 병에 있는 물을 벌컥 마시고는 손을 모아 물을 따라서 팍스에게 내밀며 걱정스러운 목소리로 마시라고 했다. 팍스가 마시지 않자 피터는 당황스러워했다. 물을 자꾸 따라서 내밀기에 마침내 팍스는 조금 마셨다.

그리고 나서 둘은 같이 초원에 나란히 엎드렸다. 피터는 몸을 뻗어 두 주먹 위에 턱을 올렸다. 팍스는 피터의 가슴 아래에 발을 집어넣었다. 태양이 둘의 등을 데워주고 호흡은 풀밭의 공기와 함께 다시 차분해졌다. 둘의 고개가 계속 강 쪽을 향해 돌아갔다. 팍스는 새끼가 잠을 자고 있는 솔송나무를 지켜보려 했고, 피터는 그런 팍스의 움직임을 이해하려고 집중했다.

이따금 피터가 손을 내밀어 팍스의 몸에서 솔잎을 떼어냈다. 브리스틀이 하던 이 털 다듬기가 팍스는 퍽 마음에 들었다. 이따금 피터의 손이 팍스의 귀를 이리저리 긁어주곤 했는데 일 년 만에 느끼는 기쁨이었다. 한번은 피터의 눈에서 놀랍게도 짠물이 흘렀다. 피터는 얼굴을 훔쳐내고 한참 동안 팍스의 어깨 위에 팔을 둘렀다. 주로 피터는 목소리를 내어 말을 했다. 즐거운 목소리부터 슬픈 목소리까지 다양하게 아주 많은 이야기를 했다. 팍스는 소년이 원하는 것처럼 보일 때면, 같이 툴툴거리거나 가르랑거렸다. 그렇지 않을 때는 잠자코 있었다.

마침내 강 건너편의 새끼가 깨어난 것을 알아차렸다.

팍스는 벌떡 일어나 새끼를 향해 짖어댔다. 그러고는 뒤돌아보지도 않고 곧장 달려갔다.

34

 한밤중이나 되었을까, 피터는 침대에서 매트리스를 끌어내려 창가로 밀었다. 피터에게 처음 팍스가 왔을 때, 이 어린 새끼 여우가 혼자서 바깥의 동물 우리에서 지내도 괜찮을지 걱정스러워서 잠이 잘 안 올 때 생각해 낸 요령이었다. 그때는 몰래 해야 했고 아침에 제때 깨지 못하면 들킬 위험이 있었다. 하지만 오늘 밤에는 현관에 매트리스를 쿵 내려놓고 담요를 하나 챙겨서 매트리스 위로 기어 올라갔다.

 누워서 눈을 감았지만 잠이 오지 않았다.

 그날은 근사했다. 적어도 팍스와 보낸 그 시간은 근사했다. 하지만 그 기분은 이어지지 않았다. 다음에 어찌할까, 이것이 문제다.

한편으로 이제 피터는 알았다. 팍스는 살아있다는 사실을 말이다. 팍스는 야생에서 살아남았다. 피터는 그 모든 죄책감을 떨쳐버릴 수 있었고 집착에 대한 교훈도 얻었다. 바보나 내일 다시 강으로 가서 팍스를 소리쳐 부르고 오래된 위험이 되살아나도록 다시 시작할 거다. 그리고 피터는 바보였다.

다른 한편으로, 실로 오랜만에 근사한 시간을 보냈다. 피터는 최선을 다해 사과하고 팍스는 자신을 이해하며 용서해 주었다. 다시 함께 있어서 좋았다. 자신의 컵을 채운 느낌이 들었다.

피터는 누워서 처음부터 매 순간을 다시 떠올려 보았다.

피터는 하마터면 가지 않을 뻔했다. 확실히 전날 보았던 여우는 팍스가 분명했다. 팍스한테서 아무런 신호가 없는데도 소리쳐 부르면서 30분 정도는 기다렸다. 바보짓이었는지도 몰랐다. 강으로 가는 내내 어떤 희망도 스스로 품지 않으려 했다. 그 여우가 팍스였다 해도 다시 나타나지 않을지도 몰랐다. 만약 나타난다고 해도, 이제는 한 마리의 야생 여우였다. 팍스는 그를 경계할 테고 분명 그럴 만했다.

하지만 피터가 숲에서 나왔을 때 팍스는 마치 피터를 기다리고 있었던 것처럼 거기 들판 한가운데 앉아있었다.

피터는 조심스럽게 손을 낮게 내리고 다가갔다. 왜냐하면 팍스는 달려 나갈지 아니면 잠자코 있을지 마음먹기 전에 강아지처럼 낯선 사람의 손을 킁킁거리며 냄새 맡기 좋아했으니까. 팍스가 서서히 몸을 일으키자 피터의 심장이 빨리 뛰기 시작했다.

팍스가 가까이 다가왔다가 다시 물러나 이리저리 재보고 결정하리라 생각했다. 하지만 팍스는 그냥 피터에게 달려들었다. 마치 일 년이 아니라 단지 하루 정도 떨어져 있었던 것처럼. 팍스가 피터의 손을 열심히 핥아대더니 허벅지에 기대어 머리를 쓰다듬어 달라는 몸짓을 했다.

피터는 깜짝 놀랐다.

"뭐라고? 그냥 그렇게? 날 용서해 준 거야? 내가 빚을 안 갚아도 돼?"

팍스는 피터의 청바지에 대고 뺨을 비벼댔다. 자기 소유란 걸 표시하는 뜻이다. 그러니까 분명하게 그렇다. 그렇게 용서를 받았다. 용서는 육체적인 안도감을 주었다. 피터는 일 년 내내 돌멩이를 계속 모아 등에 점점 더 많이 잔뜩 짊어지고 다닌 것 같은 느낌이었는데, 즉시 한꺼번에 돌멩이가 바스러져 가루가 된 느낌이었다.

피터가 자신의 옛 친구를 꼼꼼히 들여다보자, 팍스는 피터가 하는 것과 똑같이 목, 어깨, 얼굴에 기대어 쿵쿵거렸다. 피터는 크게 웃음을 터뜨렸다.

"너 내가 괜찮은지 궁금한 거야? 난 괜찮아! 네가 달라졌으니까 나도 달라 보이는 것 같아?"

피터는 팍스의 목덜미를 쓰다듬으며 말했다.

정확히 어떻다고 말하기는 어렵지만 팍스는 조금도 몸집이 커지지 않았다. 하지만 어쩐지 좀 더 억세 보였다. 털은 확실히 굵어졌지만 더 윤기가 흐르는 듯했다. 분명히 건강했다.

안도의 눈물이 솟았다. 피터는 팍스의 이마에 머리를 대고 속삭였다.

"괜찮구나. 널 버려서 정말 미안해. 그래도 너 좀 봐, 결국 괜찮아졌어!"

그러고 나서 둘은 같이 옛날에 하던 놀이를 하며 놀았다. 팍스는 다 기억했다. 나중에 목이 말라서 피터가 보온병에서 물을 꺼냈는데 그때 갑자기 떠올랐다. 팍스가 여기 근처에 살았다면 이곳의 오염된 물을 마셨다는 사실을 말이다. 팍스는 다 자란 성숙한 동물이었다. 하지만 그래도……

피터는 팍스에게 물을 따라주었다.

"여기 물은 이제 좋지가 않아. 하지만 걱정하지 마. 좋아지게 될 거야. 워터 워리어가 다시 맑고 깨끗하게 고칠 거야."

한순간 피터는 이곳의 복원 작업에 일부라도 참여하면 참 좋겠다고 생각했다. 이제 그것은 개인적인 일이 되어서 팍스에 대한 새롭고 좋은 기억을 품게 될 거다. 옛날의 슬픈 기억이 아니라. 아마도.

피터는 물을 손바닥에 따라서 다시, 또다시 내밀었다. 그러자 마침내 팍스가 조금 마셨다.

그러고 나서 함께 쉬었다. 팍스와 피터 앞에 강물이 졸졸졸 조용히 흘러갔다. 제이드라면 저 강물 안에서 무엇을 볼까 상상하며 피터는 열심히 지켜보았다. 무슨 지혜라든가, 도움이 되는 조언 같은 것을 찾을 수 있을까. 하지만 피터가 찾아낸 건 질문뿐이었다.

"나 알고 싶은 게 너무 많아. 그 당시 처음 며칠 동안, 사냥하는 건 어떻게 배웠어? 어디에서 잤니? 저수지에서 제이드 누나가 본 게 너 맞아? 지금 가족이 있어?"

피터가 옛 반려동물에게 물었다.

전보다 훨씬 더 팍스가 말을 할 수 있으면 얼마나 좋을까 하는 생각이 간절했다.

"여기 왜 있는 거야? 나 찾고 있었어? 내가 올 거라는 거 알았어?"

피터가 미안하다고 말했을 때 팍스는 귀담아듣는 듯했다. 마치 피터를 용서한 것처럼 느껴졌다.

그런데 문득 팍스가 갑작스레 벌떡 일어나 짖어대더니 뒤도 돌아보지 않고 떠났다. 피터 옆의 풀밭이 살짝 눌린 것만 빼고, 팍스는 이곳에 왔다는 흔적을 남기지 않았다.

피터는 이제 한밤중에 현관에 누워 다시 비난과 용서를 생각했다. 어쩌면 그것들은 그저 인간이 만들어낸 것일지도 몰랐다. 아빠가 용서를 구하던 순간, 그리고 피터가 용서했을 때 아빠의 눈동자 속에서 본 안도감, 그리고 피터도 느꼈던 안도감을 떠올렸다. 문득 제이드를 다시 만나서 이런 것들을 물어보고 싶었다. 하지만 그런 일은 일어나지 않을 것이다.

불현듯 피터가 생각한 모든 것들이 비겁하게 보였다. 팍스를 보라. 팍스는 작년에 일어났던 일로 피터보다 훨씬 더 심한 상처를 받았다. 그래도 팍스는 나타났다. 팍스는 그것이 무엇이든 일어나는 일에 몰두했다. 마치 팍스의 유일한 질문은 '내가 피터를 보고 싶어 할까'인 것 같았다. 그리고 그 대답은 '그렇다'였다. 그래서 팍스는 왔다. 극적인 상황도, 무슨 일이 일어날지 모른다는 비겁한 걱정 따위도 없었다.

그런데 그것 때문에 팍스는 바보가 되었을까, 아니면 현명해졌을까?

피터는 그저 자신의 생각으로 괴로워하고 있었다. 이제 유일한 질문은 '내가 팍스를 다시 보고 싶을까'였다. 그리고 그 대답은 '그렇다'였다.

피터는 내일 다시 갈 것이다.

35

　다음 이틀 동안, 피터가 부르는 소리를 들으면 팍스는 밖으로 펄쩍 뛰어 나가 헤엄쳐 강을 건넜다. 그때마다 새끼는 아침잠을 잤다. 피터와 팍스는 얼싸안고 뒹굴며 놀았다. 팍스는 피터가 계속해서 마시라고 하는 물을 마시고 나란히 앉아 쉬었다. 그러다 마침내 새끼가 잠에서 깨어난 소리를 들었다.

　그러면 팍스는 벌떡 일어나서 짖어대며 냅다 달려갔다.

　매일, 팍스는 새끼에게 먹이를 먹으라고 했다. 매일, 새끼는 먹으려 들지 않았다. 심지어 둘째 날 팍스가 브로드벨리에 가서 쥐 한 마리를 잡아왔을 때도 그랬다. 새끼는 알을 먹고 싶어 했다. 하지만 여기에는 알이 하나도 없었다.

　매일, 팍스는 새끼를 강으로 데려가 물을 마시게 했다. 매일,

새끼는 물을 마셨다.

매일, 새끼는 점점 더 잠을 잤다.

매일, 새끼는 점점 더 약해지고 발에 힘이 없어졌다. 그 고요
한 연못에서 그랬던 것처럼.

36

　이틀 동안 피터는 아침이면 강가에 가서 팍스와 함께 지내고 오후에는 집에서 일했다. 집안일은 힘들었다. 들어서는 방마다 추억이 구석구석 목구멍을 옥죄어 왔기 때문이다. '여기에서 무슨 일이 일어났지?' 이 질문이 모든 방의 허공에 인쇄되어 있는 듯했다.

　첫째 날 윈드브레이커를 하나 찾으려고 아빠 방에 들어갔다가 잔인한 풍경에 느닷없는 공격을 받았다.

　아빠가 엄마의 소지품을 치우려고 집 안을 돌아다닌 날, 옷장에서 엄마 옷을 끄집어낼 때 얼굴은 시뻘겋고 눈에는 눈물이 그렁그렁 고였다. 일곱 살이었던 피터는 그저 지금 이 사람이 전부 다 갖고 있으니까 이 사람이 무엇을 하든 괜찮나 보다 생각했다. 피터는 도와주고 싶지 않았다. 어쨌거나 할 수도 없었다. 두 팔이 옆구리에 얼어붙은 듯 움직이지 않았다. 그래도 이 방, 저 방 따라다니며 점점 더 쌓여가는 옷 무더기를 지켜보았다.

그날 밤 피터는 그 옷 무더기가 쌓여있는 지하실로 살금살금 기어들어 갔다. 그곳에서 물건 두어 개를 빼와서 숨겼다. 엄마가 좋아하는 줄무늬 무릎 양말 한 쌍, 파닉스 팔찌, 페퍼민트 티백 과 그리고 엄마 생일에 피터가 선물했던 그림 하나.

그 물건들을 구해낸 게 늘 고마웠다. 팔찌는 볼라 아주머니에게 주었지만, 나머지 것들은 지금 피터의 더플백* 안에 들어있어서 워터 워리어 수송팀과 함께 강을 따라 내려갈 때 같이 가지고 갈 거다.

피터는 윈드브레이커는 잊고 구석 소파에 털썩 주저앉아 방을 둘러보며 아빠의 무슨 물건을 보관할까 생각해 보았다. 아빠가 근사하게 차려입을 때 차던 시계. 작업할 때 허리에 두르는 공구 벨트. 아빠가 상으로 받은 포커 칩이 잔뜩 들어있는 쿠키 깡통. 하지만 피터는 그 깡통에 대한 이야기는 기억하지 못했다.

피터는 다시 불 생각이 났다. 어쩌면 이 몇 가지 특별한 물건들을 치워두고 나서 이 방의 다른 것들은 전부 태워버려야 할지도 모른다. 그 생각이 당황스러워서 거실로 다시 달려갔다. 거기에서 여전히 윈드브레이커가 필요하다는 사실을 문득 떠올렸다.

---

* 줄을 당겨 윗부분을 묶을 수 있는 천으로 만든 원통형 가방

오후마다 한 시간 동안 이런 감정싸움을 하고 나면 호흡이 가빠져서 밖으로 나가 달려야 했다.

그곳에 해야 할 힘든 일이 더 있었지만, 피터는 마당에 있는 게 더 좋았다. 밖에서는, 앞을 보는 것이 쉽고 뒤를 보는 것이 힘들었다.

엄마의 텃밭을 손볼 때가 가장 좋았다. 엄마가 돌아가시고 나서 6년 동안 아무도 손을 대지 않았다. 첫째 날 오후, 손목만큼 굵은 잡초를 뽑느라 호미를 부러뜨려서 도끼로 바꾸어야 했다.

여기에서 볼라 아주머니가 했던 것처럼 먹을거리를 기를 거다. 어쩌면 아주머니처럼 텃밭 둘레에 복숭아나무와 사과나무 같은 과일나무 두어 그루를 심겠지. 엄마는 허락했을 거다. 엄마는 언제나 직접 키운 것들을 자랑스러워했다. 피터도 엄마에게 꽃밭을 다시 돌려줄 거다. 그냥.

밖에서 일하느라 몸은 고됐다. 그래도 마음의 무게는 그대로 남아있었다.

밭을 가꾸는 데는 돈이 들었다. 피터는 주머니에 현찰이 거의 없었다. 씨앗 살 곳을 찾을 수만 있다면, 적어도 씨앗을 살 수는 있었다. 하지만 연장 두어 개, 비료, 그런 것들이 필요하다.

겨울에 뒀다 먹으려면 단지도, 전기가 들어오면 냉장고도 필요할 거다. 그때까지 요리용 화덕을 지어야 할 거다. 매일 폭포에서 물을 길어왔다. 하지만 좀 더 가까운 곳을 찾아야 했다. 적어도 지하수가 깨끗해질 때까지. 계속, 계속, 계속해서.

저녁마다 현관 계단에 털썩 쓰러져 앉아 손에 얼굴을 파묻고 눈물을 쏟을 뻔했다. 더더군다나 텃밭에서 나는 먹을거리는 아직은 너무 멀리 있었다. 지금 당장 먹을 게 필요했다. 남은 옥수수 가루 한 컵, 그리고 말린 사과가 한 주먹 있었다.

밤마다 머릿속에는 걱정을 한가득 품고, 주린 배를 감싼 채로 잠자리에 들었다.

하지만 이튿날 아침이면 이상하게도 신이 나서 잠에서 깨어났다.

"그냥 한번 가보는 거야."

피터는 매일 생각했다. 팍스가 다시 자신에게 돌아와 함께 살 거라는 바보 같은 생각을 하지 않으려 애썼다.

"팍스는 야생에서 사는 게 더 나아."

그래도 팍스와 함께 강에서 보낸 그 시간은 하루 중 최고였다. 그냥 멋진 동료. 그저 자신의 컵을 채우는 거다. 다시는 팍스를 배반할 수 없을 것이다. 그러니까 그건 괜찮았다.

37

다음 날 아침, 동트기 전에 찬바람이 불어왔다. 바람은 박태기나무 꽃을 우수수 떨어뜨리고 강물을 휘젓고, 심지어 묵직한 솔송나무 가지조차 흔들어댔다. 바람이 새끼를 깨우지는 못했지만 팍스에게는 반가운 기쁨을 실어다 주었다.

보금자리에서 주둥이를 밖으로 내밀고 확인해 보았다. 맞다. 손님이 왔다. 뜻밖이었지만 간절히 바라던 손님이다. 팍스는 몸을 부르르 떨며 꼬리를 점점 더 세차게 흔들었다. 마침내 덤불에서 펄쩍 뛰어나가 브리스틀의 동생을 맞이하러 언덕을 힘껏 달려 내려갔다.

런트도 팍스의 환영에 기꺼이 화답했다. 두 마리 여우는 처음 만났을 때 줄곧 그랬던 것처럼 뒹굴며 놀았다.

"우리 식구는?"

곧이어 햇빛을 받으며 나란히 누워 서로의 소식을 궁금해했다. 팍스는 알고 싶었다.

브리스틀은 건강했다. 알고 나니 팍스의 마음이 편했다. 새끼들도 건강했다. 가족들은 팍스가 돌아오길 바라고 있다.

런트가 소식을 알려주었다.

"더 이상 새 보금자리를 찾지 않아도 돼. 인간들이 저수지를 떠났어."

팍스도 알았지만 브리스틀이 인간들이 돌아올 거라는 사실을 걱정하지 않는다니 퍽 놀라웠다. 런트가 알려준 이 소식에 팍스는 훨씬 더 깜짝 놀랐다. 인간들이 떠나기 전에 저수지 안에 물고기를 잔뜩 퍼부어서 새끼들도 쉽사리 퍼 올릴 수 있을 만큼 많다고 했다.

"이제 데저티드팜은 안전해. 먹을 게 넘쳐나. 그래도 브리스틀은 딸을 잃어버려서 슬퍼하고 있어. 이제 새끼 둘만 남겨두고 사냥하러 나가지 않아. 브리스틀은 네가 필요해."

런트 또한 조카가 죽었다고 믿기에 몹시 슬픔에 빠져있었다.

"죽지 않았어. 나랑 같이 있어."

런트는 벌떡 일어났다. 그 고요한 연못으로 어린 암컷 여우의 흔적을 쫓아 갔었지만, 거기에서는 팍스의 체취만 강 쪽으로 이어졌다. 그리고 나서 그 흔적은 사라졌다. 런트는 브로드벨리에서 팍스의 냄새를 찾아서 그 냄새를 따라 여기까지 온 것이다.

"보여줘 봐."

팍스는 런트를 언덕 위로, 그리고 나서 솔송나무 가지 아래로 데리고 갔다.

런트가 조카를 보고 기쁨에 겨워 짖어대자 새끼가 잠에서 깨어났다. 새끼는 삼촌을 향해 몸을 일으켜 세우려 했지만 다시 픽 쓰러지고 말았다. 런트가 입을 맞추려 몸을 숙여 얼굴을 갖다 대자 목을 껴안았다.

그러자 런트의 눈썹이 걱정스레 치켜 올라갔다. 런트는 뒤로 물러나 새끼를 조심조심 살펴보았다.

"몸이 안 좋아?"

"안 좋아."

팍스가 확인해 주었다.

런트는 안타까워하며 계속해서 들여다보았다.

"게다가 작네. 다른 수컷 새끼들은 훨씬 많이 자랐어."

새끼는 형제들의 소식에 귀를 쫑긋 세웠다.

"좀 작은 녀석은 이제 제법 크고 빨라. 다른 녀석은 다부지고 몸은 이 애보다 두 배나 돼. 게다가 두 녀석은 힘도 세."

런트는 자신과 함께 즐겁게 놀았던 숨기 놀이를 이야기했다. 좀 무거운 녀석이 갑자기 배를 퍽 치고, 이리저리 잘도 돌아다니는 녀석이 등을 타고 뛰어올랐다고 했다.

"녀석들은 끊임없이 넘어지고 뛰어다녀서 어미의 인내심을 시험하고 있어."

어린 새끼가 푹 빠져 재밌게 들었다. 팍스도 즐겁게 런트의 모험 이야기를 들었다. 하지만 또한 살짝 걱정도 일었다.

팍스는 딸을 내려다보았다. 날마다 깨어있는 시간이 점점 줄어들었다. 이제 훨씬 더 약해 보이고 숨을 쉴 때마다 숨 가쁘게 가슴이 들썩였다. 목 쪽으로 말린 왼쪽 앞발이 바들바들 떨렸다.

런트가 새끼 여우 옆에서 꼬리로 몸을 감싸주자 새끼가 가르랑거리기 시작했다.

팍스는 밖으로 쏜살같이 달려나갔다. 새끼는 먹어야 했다. 오늘은 새끼가 먹는 걸 보고야 말 테다. 절망에 빠져 몇 분 돌아다녀 봤지만 지렁이 한 마리만 겨우 찾아냈다.

그 먹이를 가지고 들어갔을 때, 새끼는 고개를 모로 돌렸다.

팍스는 다시 나왔다가 곰팡이 핀 도토리 두어 개를 가져다주었다.

새끼는 삼촌한테 바짝 몸을 웅크리고는 한 입도 먹으려 들지 않았다.

팍스가 런트에게 알려주었다.

"녀석이 알을 먹고 싶어 해. 그렇지만 여기에 알은 없어. 그래서 가져다줄 수가 없어."

"브로드벨리에 알이 있어. 그리고 폐허가 된 농장에도. 우리 이제 같이 집으로 돌아가자. 브리스틀이 기다리고 있어."

런트가 재촉했다.

팍스는 궁금했다.

"네가 올 때 불이 어디에 있었어?"

"땅은 새까맣게 탔어. 하지만 불은 없어."

팍스는 새끼가 일어나려 발버둥 치는 모습을 지켜보았다. 새끼가 작은 보금자리 구석에서 몸을 떨며 서 있었다. 딸이 가려고야 하겠지만 해낼 수 없으리라는 걸 팍스는 알았다.

팍스가 새끼의 귀를 조심스럽게 핥아주고는 부드러운 소나무 낙엽 더미 위에 살며시 앉혔다. 팍스가 런트에게 대답했다.

"너는 돌아가. 새끼가 괜찮아지면 뒤따라갈게."

팍스는 런트와 함께 보금자리 구석으로 걸어갔다. 딸에게 일렀다.

"여기 있어. 런트하고 같이 브로드벨리에 가서 알을 가지고 올게. 밖에 나가지 마."

새끼는 아비의 엄격한 말투에 눈이 휘둥그레졌다. 이윽고 고개를 앞발 위에 다시 올려놓았다. 팍스는 만족스러웠다. 거의 아침이 다 되었으니 새끼가 가장 졸릴 시간이다. 그러니까 돌아올 때까지 깨어나지 않을 거다. 하지만 너무 오랫동안 떨어져 있고 싶지는 않았다.

"서둘러."

일단 둘이 밖으로 나오자 팍스는 런트를 재촉했다.

하지만 런트는 강둑으로 걸어 내려가 커다란 바위 옆에서 우뚝 멈추어 섰다.

팍스도 곁에 섰다. 둘은 그레이가 죽었던 곳에 있었다. 두 여우 다 말이 없어졌다. 마치 그 늙은 여우가 언제나 품었던 고요함이 아직도 깊은 곳에서 뿜어져 나오는 것 같았다.

팍스는 곧 다가올 소년을 잠깐 생각했다. 오늘은 소년과 함께 가지 않을 것이다. 이윽고 팍스는 런트와 어깨와 어깨를 맞대고 서서 이곳에서 일어났던 일을 함께 떠올렸다. 런트가 강을 건너 브리스틀과 팍스가 있는 곳으로 오려고 의기양양하게 첨벙거렸던 일. 둘을 향해 언덕을 신이 나서 달려오다가 중간에 폭탄이 터져서 다리를 잃었던 일. 며칠 동안 진흙 갈대밭에서 죽을 고비를 넘기며 누워 있다가, 마침내 그곳에서 정신을 차리고 다리가 사라진 사실을 깨달았던 일.

한줄기 시원한 바람이 시커먼 물을 흔들어놓았다. 런트가 재촉했다.

"이제 그만 여기를 뜨자. 집으로 돌아가는 거야."

38

 사흘째 되던 날, 피터는 심하게 불어대는 바람에 잠을 깨서 뒷마당 나무 사이로 지나는 바람 소리에 귀를 기울였다. 벽으로 차가운 기운이 스며들었다. 마치 겨울이 손가락으로 쿡쿡 찔러 대며 곧 돌아올 거라고 슬며시 알려주는 것 같았다. 오늘 장작 이 충분한지 확인해 봐야겠다고 생각하며 피터는 이불을 끌어 올렸다.

 그런데 문득 기억났다. 옆집 뒷문으로 가는 열쇠를 어디에 숨 겨두는지 알았다.

 옆집 이웃은 혼자 살던 나이 든 부인이었는데, 그 집에 장작 을 가져다주곤 했기에 열쇠가 어디 있는지 알았다. 피터는 또 다른 것도 알았다. 할머니한테는 식료품 창고가 있었다. 식품만

넣어두는 방이 정말로 있었다. 할머니는 종종 피터에게 이런 말을 했다.

"허리케인, 토네이도, 역병 그리고 전쟁. 난 이걸 다 겪었어. 미치지 않았으면 준비를 해야지."

할머니의 장작을 다 쌓고 나면, 할머니는 언제나 피터를 먹이려고 했다. 그러면서 훌쩍 자란 아들을 먹이는 게 그립다고 말했다. 한 번 그러고 나서, 피터는 언제나 식사를 거절했다. 피터가 먹는 동안 할머니는 엄마로서 아들을 보지 못하는 게 끔찍하다는 이야기를 하고 싶어 했다. 그래서 음식을 삼키기가 어려웠다. "그 반대도 퍽 끔찍하지." 이 말에 피터는 목구멍이 막혔었다.

피터는 옷을 걸치고 물 주전자를 움켜잡고는 텅 빈 길 한가운데로 뛰어 내려갔다. 다시 자동차를 보려면 시간이 얼마나 걸릴까 궁금했다. 버릇대로 뒷문을 두드렸다. 그러고 나서 1분 있다가 안으로 들어갔다.

할머니는 급하게 떠난 게 틀림없었다. 블라우스 하나가 소파 팔걸이에 걸쳐져 있는데 옷에 실을 꿴 바늘이 그대로 있었다. 커피 테이블 위에는 낱말 맞히기 잡지가, 개수대에는 그릇이 눌러붙어 있었다. 모든 게 뿌옇게 먼지를 뒤집어썼다.

피터는 부엌문을 열었다. 그럼 그렇지. 엉망진창이다. 쥐 냄새가 역하게 훅 풍겨 나왔다. 귀리와 밀가루가 바닥에 흩어져 있다. 그래도 통조림과 병이 깔끔하게 선반을 가득 채우고 있다.

잼과 수프, 가루 우유, 과일과 채소. 심지어 땅콩버터 세 통도 있다.

피터는 괜찮을 거다. 상황이 정리될 때까지 먹을 게 충분했다. 그리고 이건 훔치는 게 아니었다. 물이 되살아나고 나서 할머니가 돌아온다면 돈을 갚아드릴 방법을 찾아낼 거다. 아들을 그리워하는 투정도 기꺼이 들어줄 거다. 할머니가 말을 하고 싶어 한다면, 피터는 기꺼이 귀를 기울여줄 거다.

오늘 밤 수레를 가지고 돌아와서 실어가기로 했다. 지금 당장은 친구가 기다리고 있었다.

땅콩버터를 무척 좋아하는 친구.

피터는 주머니에 병 하나를 쑤셔 넣고 밖으로 향했다.

* * *

강에 도착했을 때 태양은 하늘 높이 떠 있고 강에는 잔물결이 일었다. 피터는 불어오는 바람 너머로 크게 외쳤다.

"팍스! 늦어서 미안해!"

10분이 흘렀다. 팍스는 없었다.

피터는 냄새가 얼마나 멀

리 갈지 의아했지만 땅콩버터 뚜껑을 열며, 병을 빙글빙글 돌렸다.

또 10분이 지났는데도 여우의 모습은 보이지 않았다. 피터는 물을 가지러 언덕을 올랐다. 그러고 나서 다시 돌아와 초원으로 내려가는 길 중간 즈음의 바위에 앉아 손에 땅콩버터를 쥐고 기다렸다.

계속 그 거대한 솔송나무 바로 아래 덤불을 눈여겨보았다. 지난 이틀 거기에서 팍스가 나왔다. 강 아래 갈대가 바람을 타고 평화롭게 속삭였다. 피곤했기에 피터의 눈이 자꾸 감겼다. 그러다가 하마터면 못 보고 놓칠 뻔했다.

덤불 바닥이 움직였다. 갈색 뭔가가 튀어나왔다. 얼굴 같기도 하고 그렇지 않기도 한 것이. 그러고 나서 사라졌다. 피터는 조심스럽게 지켜보았다. 잠시 후, 그것이 다시 보였다.

맞다. 동물의 얼굴. 계피 색깔. 하지만 작다. 팍스치고는 너무 작았다. 그 동물이 움직였다. 관목 사이를 지나는 밝은 빛깔이 언뜻 보였다. 피터는 제대로 보려 애썼다. 강아지일까? 사람도 살지 않는 여기 밖에서 강아지가 뭘 하고 있는 거지?

그게 무엇이든 간에 강 쪽으로 가려고 모습을 드러냈다. 기껏해야 태어난 지 두 달 정도로 보이는 비쩍 마른 새끼 여우였다.

피터는 자리에서 일어났다. 새끼가 강둑으로 이어진 길을 따라 절름거리며 내려갔다. 그리고 아주 천천히 무슨 일이 일어날지 피터는 이해했다. 이 새끼 여우는 오염된 물을 마실 거다.

피터는 바위에서 펄쩍 뛰어내려 달리기 시작했다. 머릿속에는 알람처럼 제이드의 경고가 울려 퍼졌다.

"신경계가 발달 중인 어린 새끼들이 가장 위험해."

피터는 소리쳤다.

"저리 가! 가라고!"

새끼는 피터의 목소리에 깜짝 놀랐다. 한순간 꼼짝없이 얼어붙었다. 그러고 나서 바위 틈 그늘로 조심스럽게 한 걸음 움직였다.

피터는 강둑으로 미끄러져 내려갔다. 이제 이 새끼 여우가 좀 더 확실히 보였다. 구릿빛 털에 뾰족하고 섬세한 얼굴이다. 아마도 암컷 같다. 어미는 어디 있을까? 피터는 좀 더 크게 소리쳤다.

"저리 가! 계속 가! 어서!"

새끼 여우는 휘청거렸다. 하지만 몸을 돌리지는 않았다. 고개를 숙여 물을 마셨다.

피터는 미처 생각하지도 못한 채 손에 든 병을 휙 던졌다. 던질 때 깨달았다. 너무 세게 목표를 향해 곧장 날아갔다는 것을.

'얼른 가.'

피터는 새끼가 그러기를 바랐다. 하지만 새끼는 움직이지 않았다. 병은 새끼가 서 있는 바로 그 자리에서 뻥 터졌다.

바로 그때 큰 여우 한 마리가 덤불 속에서 튀어나왔다.

팍스가 얕은 물가로 뛰어들어가 새끼 여우를 낚아챘다. 팍스의 새끼였어. 피터는 즉시 이해했다.

"미안해! 다치게 하려던 게 아니었어."

피터가 소리치며 첨벙첨벙 강물 속으로 걸어 들어갔다. 하지
만 팍스와 새끼는 사라졌다.

39

솔송나무 가지 아래로 새끼를 데리고 가자마자, 팍스는 새끼를 꼼꼼하게 살펴보았다. 상처가 보이지는 않았다. 그래도 두려움에 심장이 빠르게 뛰었다. 팍스는 새끼를 꾸짖었다.

"여기 안전한 곳에 얌전히 있으랬잖아. 왜 밖으로 나갔어?"

"목이 말랐어요."

새끼는 복종의 의미로 몸을 낮추지 않았다. 하지만 그 작은 꼬리를 흔들어대며 용서를 구했다.

팍스는 용서의 의미로 뺨을 핥아주었다.

"소년이 위험하지 않다고 했잖아요. 그런데 그 애가 막 무섭게 겁을 주었어요."

"아니, 겁주는 거 아니야."

팍스는 확신했다. 하지만 팍스도 당황스럽기는 마찬가지였다. 피터가 던진 게 새끼 여우 바로 옆 바위에서 깨졌다. 왜일까?

종종 소년이 동그란 하얀 가죽 공을 다른 소년에게 던지곤 했다. 그 소년은 그걸 두툼한 싸개로 잡아서 다른 손으로 빼냈다. 계속, 계속해서 피터는 던졌다. 강에서 그랬던 것처럼 세게 던졌다. 하지만 소년들은 둘 다 웃었으며 이 놀이를 할 때는 걱정이 없었다.

그래도 그때는 지금과 달랐다. 팍스는 계속 당황스러웠다.

"소년은 해를 끼치려는 게 아니었어. 슬프고, 뭔가 걱정이 있는 거야."

새끼는 소년이 일으키는 바람으로 이걸 어떻게 알 수 있는지 궁금했다.

팍스는 이걸 설명해 줄 수 있었다.

"소년이 아주 슬프고 애절한 목소리로 우리를 불렀으니까."

"슬프고 애절한 목소리?"

소년이 여러 번 슬프고 애절한 목소리를 내던 때를 팍스는 되돌아보았다.

주로 피터가 자기 방에 혼자 앉아있을 때 그 소리를 들었다. 작년 소년을 마지막으로 보았던 날이 심했다. 자기 물건을 상자에 넣을 때, 자동차가 멀어지자 피터가 흐느낄 때, 코요테와 함께 있던 날 팍스를 멀리 보낼 때 내던 소리였다.

하지만 팍스는 새끼에게 또 다른 기억을 들려주었다. 피터가 어렸을 때의 기억이다.

"난 내 동물 우리에 있었어. 배가 고팠지. 소년이 그날 밤 나한테 음식을 주지 않았거든. 오후에 소년하고 소년의 아빠 두 사람이 화가 나서 서로 고함을 쳤는데, 그러고 나서 소년이 달아났어. 그러고는 해가 질 때까지 안 돌아왔어. 난 초조해서 동물 우리 안에서 이리저리 오락가락했지. 소년은 아주 늦게 달이 높이 떴을 때 돌아왔어. 그러고는 나한테 먹을 걸 가져다주었어. 내가 먹이를 먹고 있을 때 소년은 내 옆에 앉아서 그 슬프고 애절한 목소리를 내며 나를 쓰다듬었지. 소년이 내 옆 지푸라기에 누운 채 잠도 잤어. 밤새도록 그 애한테서 슬프고 애절한 냄새가 났어. 슬픔과 간절함 둘 다 느껴지는 냄새였지."

하지만 새끼는 이해하지 못했다.

"여우들의 슬픈 외침 같은 거야."

팍스는 그레이가 죽었을 때의 여우 무리, 그리고 런트가 다쳤을 때 브리스틀이 울었던 이야기를 들려주었다. 하지만 새끼는 한 번도 들어본 적이 없다는 것을 알았다.

"너도 그런 소리를 알게 될 거야. 하지만 인간들은 혼자서 그 슬픈 애절함을 느껴."

팍스가 미처 더 설명하기도 전에 위쪽 나뭇가지에서 까마귀 떼가 소란을 피워 대서 둘 다 화들짝 놀라고 말았다.

팍스는 슬며시 나가서 엿들었다.

그 저수지에서 엄청나게 많은 인간 무리가 돌아왔다는 것을 알았다. 그 인간들이 다시 강을 따라 내려오고 있었다.

"얼마나 멀리 있어? 빨라?"

팍스는 궁금했다. 하지만 까마귀들은 갑작스럽게 가지를 마구 흔들어놓고 푸드덕 날아가 버렸다.

팍스는 다시 안으로 물러났다.

"우리 떠나야 해. 걸을 수 있겠어?"

새끼는 자리에서 일어났다. 팍스를 따라 밖으로 나와서 기세등등하게 출발했지만 두어 걸음 걷고 나더니 균형을 잃고 말았다.

새끼는 자신을 지탱해 주지 않아서 기분이 나쁜 듯 뒷다리를 내려다보았다. 고개를 절레절레 저으며 낙엽을 차버리고는 턱을 치켜 올리고 다시 나섰다.

그리고 또다시 새끼는 무너져 내렸다.

팍스는 새끼 옆으로 갔다. 좀 더 가까이에서 새끼를 살펴보았다.

브리스틀이 벌집에 주둥이를 내밀었을 때처럼 살가죽을 콕콕 찔러대는 것은 없었다. 진물이 흐르는 상처도 없고, 브리스틀의 꼬리가 탔을 때처럼 아파하지도 않았다. 런트가 폐허가 된 농장에서 초록색으로 변한 감자를 먹고 났을 때처럼 배가 딱딱하지도 않았다. 런트가 다리를 잃었을 때처럼 심하게 상처를 입지도 않았는데 잠이 들면 잘 깨어나지 못했다.

브리스틀과 런트는 다치고 난 다음이면 상처가 날마다 괜찮아졌다.

그런데 새끼 여우는 기억조차 나지 않는 그 시절에 팍스가 점점 기운을 잃었던 것처럼, 하루하루 더 약해지고 있었다. 소년이 데려가지 않았다면 팍스는 죽었을 거다.

팍스는 새끼를 내려다보았다. 마침내 자신이 뭘 해야 할지 알았다. 새끼의 목덜미를 들어 올리며 무척이나 가볍다고, 살가죽이 엄청나게 축 늘어졌다고 생각했다.

"집에 가는 거야?"

새끼가 물었다.

"네가 안전한지 볼 거야."

이것이 팍스의 약속이었다.

40

"멍청해, 멍청해, 멍청해."

피터는 혼잣말을 했다. 뒷마당을 돌아다니며 죽은 나뭇가지를 주워 진입로가 끝나는, 아무것도 없는 둥근 공간에 쌓아두었다. 피터는 저주를 받았다. 자신이 사랑하는 사람은 모두 다쳤다. 그걸 몰랐나?

팍스가 지내던 옛날 동물 우리를 열고 썩어 문드러진 지푸라기를 한아름 들어 올리자 쥐구멍과 종종거리는 딱정벌레가 드러났다. 피터는 밖으로 뛰어나와 지푸라기를 나무 위로 휙 던지며 소리쳤다.

"멍청해, 멍청해!"

그러고는 몇 번이나 소리쳤다.

피터는 모두에게 상처를 주었다. 그러고 나면 모두들 떠나갔다. 엄마는 살아생전 마지막 날 피터에게 무척이나 실망했다. 피터는 그 이야기를 제이드에게 했고 제이드는 피터가 고작 일곱 살이었기에 비난할 수 없다고, 게다가 아이가 마당 장식용 유리공을 깼다고 어머니에게 교통사고가 나지는 않는다고 말했다. 하지만 제이드가 무엇을 알까?

피터의 아빠도 있다. 기지에서 150킬로미터 넘게 떨어진 곳에서 아빠한테 무슨 일이 일어났는지 보라. 아빠는 아마도 볼라 아주머니 집으로 가고 있었을 거다. 말은 괜찮다고 했어도 피터가 그곳에 살고 있는 게 분명 마음이 아팠을 테니까. 피터는 이 진실을 마주하고 싶지 않았다. 하지만 피터의 아빠가 달리 무엇을 할 수 있었을까?

그리고 볼라 아줌마. 자신의 남은 인생에서 아주머니가 필요 없다고, 아주머니는 엄마가 아니라고 말했을 때 그 얼굴에서 상처 입은 표정을 보았다.

그리고 이제 팍스. 또다시. 작년의 일로 충분히 상처를 주었다. 하지만 그걸로 끝이 아니다. 피터는 다시 나타나서 옛날에 키우던 동물을 배반했다. 피터가 소리칠 때 자신의 목소리에 깃든 후회를 팍스가 들었기를 바랐다.

"미안해!"

하지만 그건 그저 희망일 뿐이었다.

멍청해, 멍청해, 멍청해.

하지만 두 번 다시 그러지 않을 거다. 피터는 다시 시작하고 있었다. 오늘 용감한 행동을 하고 옛날 자신의 생활을 끝낼 거다. 그래야 새로운 삶을 다시 시작할 수 있다.

이제 지푸라기 주위로 불쏘시개가 둥글게 뒤덮였다. 피터는 집 안, 자기 방으로 뛰어 들어갔다. 옷장에서 옷을 끄집어내고 벽에서 포스터를 찢고 침대 밑에서 상자를 발로 차냈다. 사진과 마술 용품, 책과 퍼즐, 화살촉, 앙증맞은 동물 뼈대로 가득 찬 성냥갑. 전부 다 바닥으로 와장창 무너져 내렸다.

피터는 멍청한 아이 시절의 물건을 들고서 밖으로 나가 지푸라기 더미 위에 휙 던졌다. 왔다 갔다 점점 더 빠르게 움직이면서 방을 비워내자 마침내 마룻바닥이 텅 비었다.

헛간에서 가져온 라이터 기름을 움켜쥐고는 밖으로 다시 나가 전부 다 부어버렸다. 그러고 나서 부엌으로 뛰어 들어갔다. 이제 숨이 찼지만, 속도를 늦추지 않았다. 안 그러면 끝내지 못할 거다. 피터는 성냥갑을 움켜잡고 다시 달려나와 성냥을 켜서 휙 던졌다.

불이 갑자기 으르렁거리며 살아나서 피터는 숨이 턱 막혔다.

1년 동안 꽁꽁 묶어두었던 것, 그 모든 것을 전부 보내버렸다. 불이 옛날의 생활을 먹어치우자 피터는 흐느끼기 시작했다. 불길이 이글거리며 타오를 때는 피터도 울부짖었다. 타는 듯한 열기 속에 따끔거리는 피부를 느끼려 셔츠를 벗어던졌다. 불꽃 위로 몸을 웅크리자 마침내 머리카락 탄내가 났다. 피터는 잃어버린 모든 것들을 소리쳐 불렀다. 결국 집에 남아있어야 하지만 있지 않은 아빠까지 포함해서. 피터는 외치고 또 외쳤다. 불꽃이 너무 가까워서 눈물 때문에 뺨이 따가웠다. 눈과 목구멍이 재로 따가웠다.

마침내 다 태워 보내고 현관으로 기어 올라가 계단에 털썩 주저앉았다. 피터 옆으로 배낭이 난간에 대롱대롱 매달려 있었다.

배낭도 떠나보내야 할 거다.

피터가 1학년으로 학교에 갔을 때 엄마가 이 배낭을 사주었다. 어쩌면 이것도 불 속으로 던져야만 했다. 피터가 팍스를 집으로 데리고 온 첫날 팍스가 그 안에 기어들어 갔었다.

하지만 좋은 배낭이었다. 진청색에 질긴 캔버스로 큼지막했다. 한 해 한 해 지나면서 이 가방이 이제는 한 몸처럼 어깨에 맞았다. 앞으로 좋은 배낭이 필요할 거다. 게다가 아빠의 유골이 그 안에 있다.

피터는 난간에서 배낭을 당겨 가슴에 꼭 안았다. 불이 꺼지자마자 아빠의 유골을 묘지로 가지고 가서 엄마 무덤에 뿌릴 거다. 오늘은 결국 용감해지는 날이었다.

피터는 그 배낭을 난간에 남겨두고 불가로 돌아갔다. 그리고 자신이 한 일을 보았다.

보금자리였다. 피터는 보금자리를 지었다가 옛 생활을 떠올리는 그 모든 것들을 불에 올려놓았다. 정확히 불사조 피닉스* 이야기와 같았다. 향과 향신료 대신에 나무와 종이 냄새가 나고 운동화에서 녹은 플라스틱과 고무 냄새가 났지만 그래도 같은 이야기였다. 새로운 삶이 낡은 재에서 피어오르고 있다.

불은 점점 차분해지며 서두르지 않고 제 할 일을 다 마쳤다. 불꽃이 잦아드는 소리에 귀를 기울이며 눈을 감았다. 이야기가 시간을 거치며 전해질 수 있다니 웃겼다. 엄마는 그 피닉스 신화를 무척 좋아해서 피터에게 들려주곤 했다. 그 이야기의 처음 시작을 들려줄 때면 즐거워하며 목소리가 커지던 엄마를 지금도 기억한다.

팍스를 찾기 위해 볼라 아주머니의 집을 떠나던 날, 피터는 아줌마가 전쟁터에서 저질렀던 일에 대한 속죄로 끌고 돌아다녔던 그 나무다리를 태우라고 했다. 피터는 아줌마의 벌이 너무 오랫동안 이어졌다고 확신했다. 몇 주 후 피터가 돌아왔을 때 의족을 단 아줌마의 모습에 마음이 놓였다. 아줌마가 그 끔찍한 마음의 빚을 갚았다는 걸 알 수 있었다.

나중에 볼라는 마음의 상처가 있던 버스 운전사 친구에게 그 이야기를 해주었다. 그 아저씨 다음에 또 누구한테 그 이야기를 들려주었을까? 엄마가 피닉스 이야기를 듣기 전에는 과연 누가 그 이야기에 감동을 받았을까? *

눈을 뜨고 재로 변하는 마지막 남은 무더기를 힘겹게 지켜보았다. 연기가 장작 위에서 사라졌을 때 마침내 피터는 시선을

---

* 불사조. 수백 년 동안 살다가 스스로 불태운 뒤 그 재 속에서 되살아난다는 전설적인 새

들어 올렸다.

처음에는 뜨거운 기운이 만들어낸 신기루인 아지랑이가 틀림 없다고 생각했다. 그런데 헛간 옆에 앉아있는 건 분명 팍스였다. 입에는 뭔가 털 뭉치 같은 걸 물고 있었다.

피터는 퉁퉁 부은 눈을 비볐다. 신기루가 아니었다. 팍스가 입에 새끼 여우를 물고 거기 있었다. 새끼는 죽은 듯 보였다.

결국 땅콩 병에 맞아 새끼가 죽은 게 틀림없었다. 피터가 새 끼를 죽였다. 그래서 팍스가 "네가 저지른 짓을 봐!"라는 말을 하려고 온 것이다.

피터는 겁쟁이처럼 두 손에 얼굴을 파묻었다. 문득 떠올랐다. 오늘은 용감해지는 피터의 날이라는 걸. 피터는 자신이 저지른 짓을 똑바로 보려고 손을 내렸다.

문득 새끼가 꿈틀거렸다.

피터는 허리를 곧추세우고 앉았다.

팍스가 불가를 돌아서 계단으로 곧장 걸어왔다. 그러는 내내 피터와 눈을 맞추었다.

"그 애를 맞히려던 게 아니었어."

피터가 입을 열었다가 멈추었다. 결코 설명할 수 없었다.

"내가 어떻게 해줄까?"

마치 대답을 하는 것처럼 팍스가 새끼를 피터의 발 옆에 놓았 다. 그곳에서 새끼는 터무니없이 작아 보였다. 새끼는 아비의 앞 발 사이로 물러나며 몸을 바르르 떨었다.

피터는 무의식적으로 손을 내밀어 그 겁먹은 새끼를 쓰다듬었다. 그러다가 흠칫 손을 빼내고는 그래도 괜찮은지 팍스를 쳐다보았다. 팍스가 거부하는 것처럼 보이지 않기에 피터는 손가락 하나로 이 어린 새끼의 이마를 어루만졌다. 부드러운 몸을 감싼 털 아래 섬세한 알 같은 두개골이 느껴졌다.

"무슨 일이야? 이 애한테 먹을 걸 좀 줄까, 팍스? 나한테 음식이 있어."

팍스는 새끼 너머로 피터에게 몸을 기댔다. 피터의 턱과 옷깃 사이, 종종 잠이 들곤 하던 그곳에 고개를 집어넣었다. 옛 친구의 부드러운 숨결이 피터의 귀를 따뜻하게 해주었다. 목과 목, 맥박과 맥박, 그곳은 신뢰의 위치였다. 자신이 다시 용서받았다는 걸 알았다. 그러자 눈물이 흘러나왔다.

새끼가 울음소리를 냈다. 뒷다리로 서서 몸을 쭉 뻗자 팍스가 새끼를 향해 몸을 숙였다. 둘은 주둥이를 비벼댔다.

그리고 아비와 새끼 사이의 무언가가 스쳐 지나갔다. 피터는 통역이 필요하지 않았다. 팍스가 새끼를 안심시키면서 새끼를 사랑한다고, 다 괜찮다고 말하고 있었다.

이윽고 놀랍게도 팍스가 저만치 걸어갔다.

피터는 깜짝 놀랐다.

"어디 가는 거야?"

새끼는 아비를 쫓아서 버둥거렸다. 하지만 이내 몸을 떨며 옆으로 쿵 하고 넘어졌다. 놀라 휘둥그레진 눈으로 자리에서 일어낳지만, 두어 걸음 걷고 나서 다시 픽 쓰러졌다. 새끼는 울부짖었다.

팍스는 멈추어서 울부짖는 새끼를 향해 몸을 돌렸다. 하지만 돌아오지 않았다. 팍스는 피터를 올려다보았다.

마침내 피터는 팍스가 무엇을 원하는지 이해했다.

"아, 안 돼. 그러면 안 돼! 돌아와!"

팍스는 마당 끝, 숲이 시작되는 곳까지 걸어가서 그곳에 앉았다. 무언가를 기다리고 있는 게 분명했다.

"그렇게 못 해! 나 안 해!"

여전히 팍스는 기다렸다.

피터는 팍스가 자신을 무척이나 잘 믿는다고 생각했다. 부끄러움이 몰려왔다.

"알았어, 내가 키울게."

피터가 외쳤다. 몸을 웅크리고는 그 어린 생명을 들어 올렸다.

믿을 수 없을 만큼 가벼웠다. 뼈와 털가죽 그리고 겁을 먹어서 크게 뜬 눈동자만 있었다. 피터의 마음이 찢어질 듯 징징거렸다.

"기다려. 팍스, 돌아와! 제발!"

팍스는 잠시 그대로 서 있었다. 그러고 나서 숲으로 사라졌다.

떠나는 팍스를 지켜보면서 피터는 버려진 느낌이 들었다. 하지만 또한 뭔가가 마무리된 것 같았다. 그곳이 최선이라는 것을 알기에 팍스를 야생으로 돌려보냈다. 그리고 지금 팍스는 똑같은 이유로 자기 새끼를 남겨두었다. 분명하게도 그건 사실이었다. 팍스는 어쩔 수 없는 상황이 아니었다면, 새끼 자신의 삶을 위해서가 아니라면, 자기 새끼를 절대 포기하지 않을 것이다.

피터가 볼라와 함께 지내고 싶다는 말을 들었을 때 아빠가 했던 말을 떠올렸다.

"그분 정도면 충분히 가족이지."

"넌 좋은 아빠야, 팍스. 하지만 난 충분히 가족 같지가 않아."

피터는 더 이상 눈에 보이지 않는 친구를 향해 소리쳤다.

두 손 안에 든 이 겁먹은 여우를 내려다보았다. 자신이 새끼를 맞혔나? 새끼를 다시 들여다보았는데 상처는 보이지 않았다. 새끼를 내려놓았다. 새끼는 뒤로 물러났지만 다시 쓰러졌다. 왼쪽 다리 두 개가 잘 움직이지 않는 것 같았다.

불현듯 피터는 깨달았다.

"아, 안 돼."

피터는 새끼를 들어 올려 턱 가까이 잡아당겼다. 그때 완전히 깨달았다. 경련, 균형을 잡지 못하는 것, 바로 제이드가 설명한 오염된 물을 먹은 아기 너구리의 증상이었다.

"물이야. 넌 그 물에 중독됐어."

한순간 말도 안 되는 생각이 떠올랐다. 제이드는 중금속 처리 방법에 대해서 이야기해 줬다. 우유, 활성탄, 숯 뭐 그런 것들. 어쩌면 그런 것들을 다 하고 나서 새끼를 풀어줄 수도 있었다.

하지만 아니다. 손상된 것을 완벽하게 뒤바꾸어 놓을 수는 없

243

다고 제이드가 말했다. 야생에서는 결함이 있는 동물은 살아남을 수 없었다. 작은 약점도 새끼 여우의 생존을 거의 불가능하게 할 것이다.

팍스를 키우기 이전, 예전의 자신이라면 새끼를 키웠을 것이다. 하지만 피터는 이제 더 이상 아이가 아니었다. 아니, 인간이 할 수 있는 건 한 가지밖에 없었다. 아빠가 팍스한테 그렇게 해야 한다고 말했던 바로 그것. 피터는 새끼에게 말했다.

"미안해. 널 고통스럽지 않게 해주겠다고 약속할게. 하지만 여기에서는 못 해. 너희 아빠가 근처에 있을지도 몰라. 아니면 돌아올지도 몰라."

피터는 배낭에 든 유골함 위에 새끼를 눌리지 않게 올려놓고 배낭을 어깨에 멨다. 그러고는 헛간으로 가 삽을 움켜쥐고 아빠가 사냥총을 보관하는 지하 작업실로 갔다.

억지로라도 그 총에 손을 대본 적이 없었다. 몇 년 동안 아빠는 피터에게 총 쏘는 법을 가르치려고 했다. 그럴 때면 피터는 언제나 배우지 않겠다고 했다. 보는 것만으로도 구역질이 났다. 팍스를 비참함에서 빼내 주려 제안했던 아빠의 말이 떠올랐기 때문이다.

이제 피터가 손을 내밀었다. 총을 들어 올렸다.

한 손에 삽을, 한 손에 총을 들고 묘지로 향했다.

41

고작 두어 걸음 뛰어가고 났는데 새끼에게 돌아가고픈 강렬한 충동이 무척이나 솟구쳤다.

팍스는 걸음을 멈추었다. 나무가 한데 모여 자라는 곳으로 밀고 들어가 고개를 삐죽 내밀었다.

피터가 새끼를 땅바닥 위에 두는 게 보였다. 새끼한테 다시 달려갈 마음에 팍스의 엉덩이가 씰룩거렸다.

그때 피터가 새끼를 들어 올려 턱 밑에 품어주었다. 소년은 아주 조심스럽게 새끼를 얼렀다. 피터가 가까이 들어 올리자 새끼는 더 이상 꿈틀거리지 않았다.

그래도 팍스는 갈피를 못 잡고 머뭇거렸다.

그런데 문득 피터가 새끼를 배낭에 집어넣었다.

이내 팍스의 걱정은 사라졌다. 배낭은 소년에게 신성한 은닉처였다. 계절이 바뀌어도, 해가 바뀌어도, 피터는 저 배낭을 몸에 바짝 품고 다녔다. 팍스도 저곳에서 숨어있었다.

이제 새끼가 안전하리라는 사실을 팍스는 확실히 알았다.

팍스는 몸을 돌렸다. 달리기 시작했다. 더 세게, 더 힘차게 달렸다. 낮 내내, 밤새도록 달릴 거다. 데저티드팜에 있는 헛간 밑 여우굴에 도착할 때까지 달려갈 것이다.

자신을 사랑하는 여우들이 거기에서 기다리고 있기 때문이 아니었다.

풍요로움이 가득 찬 다가올 여름이 온 주위에서 노래를 불러 대기 때문도 아니었다.

달리지 않으면, 가슴이 갈가리 찢어질 것 같아서 내달렸다.

42

피터는 묘지 입구에서 갑작스레 멈추어 섰다.

시내 한가운데로 곧장 걸어 내려오는 내내 자동차 소리 하나 들리지 않아 불안했다. 워터 워리어가 정화 작업을 마치고 한 달이 지나야 사람들이 다시 돌아오기 시작할 거다. 그러면 상황이 좀 더 쉬워질 거다. 하지만 더 어려워지기도 할 거다. 제이드가 지적했던 것처럼, 열세 살 소년은 혼자서 살 수가 없다. 또 다른 문제를 생각해야 했다. 하지만 오늘은 아니다.

커다란 철문에 얼굴을 대고 안을 들여다보았다. 잡초 하나 없이 늘 말끔하던 묘지의 잔디는 일 년 동안 거들떠보지 않아서 들쭉날쭉 자란 풀밭에 군데군데 민들레와 수레국화가 묘지를 휘감고 있었다.

피터는 철문을 밀어 열고 엄마의 무덤으로 가는 길을 따라갔다. 무척이나 조용해서 발에 밟히는 돌멩이 소리 하나하나가 또렷하게 들려왔다.

엄마의 묘비에 도착해 커다란 느릅나무 그늘에 앉아서 총을 내려놓고 옆으로 밀었다. 아빠하고 심었던 산철쭉이 무성하게 자라서 들쭉날쭉한 풀 속에서 집에 있는 것처럼 보이니 마음이 놓였다.

피터는 큰 소리로 말했다.

"이렇게 자연스러운 게 더 좋아요. 엄마도 좋아할 것 같아요."

피터는 어깨에 메고 있던 배낭을 땅바닥에 내려놓았다. 거기에서 유골함을 꺼내고 다시 닫았다. 상자를 열고 안에 들어있는 주머니 끈을 풀었다.

"아빠도 엄마가 보고 싶은 거 알아요. 그저 아빠는 그렇게 말하기가 힘들었던 것뿐이죠. 그러니까 제 생각에 여기가 아빠가 있고 싶은 곳인 것 같아요."

피터는 그 묵직한 주머니를 높이 들어 올려 열었다. 고운 가루가 무덤 위로 눈처럼 두둥실 피어오르더니 살포시 내려앉았다. 마치 돌, 웃자란 풀 그리고 꽃 속으로 스며드는 것 같았다. 마치 이곳에 있기를 오랫동안 기다려온 것 같았다.

텅 빈 주머니를 들고 있자니 눈물이 얼굴을 타고 줄줄 흘러내렸다. 굳이 눈물을 훔쳐내려 하지도 않았다. 6년이 지나 처음으로 두 사람 모두에게 큰 소리로 말했다.

"아직 여기 계시면 좋겠어요. 정말 힘든 하루였어요. 하지만 아직 끝나지 않았어요."

피터는 삽을 들었다. 우선, 새끼를 묻을 때 부드러운 풀로 덮을 수 있도록 산철쭉 옆에서 잔디를 조금 떼어냈다. 그러고 나서 부드러운 흙을 두어 번 파냈다. 그러고 나니 혹시라도 짐승들이 와서 파헤치지 못할 만큼 깊은 구덩이가 생겼다.

피터는 총을 들었다. 뺨에 총의 나무 몸통을 대자 떨렸다. 다리가 후들거려서 넓게 벌리고 섰다. 손잡이를 쥐고 노리쇠를 열고 총알을 밀어 넣었다. 아빠가 하는 걸 수십 번 본 대로 노리쇠를 닫았다.

그러고 나서 무릎을 구부려 총이 없는 다른 쪽 손으로 안을 보지도 않고 배낭 지퍼를 열었다. 피터는 다시 몸을 일으켜 세우고 안전핀을 풀었다. 딸깍 소리가 조용한 묘지를 둘러싸고 퍼져나가는 듯했다.

피터는 뺨에 총을 다시 들어 올리고 열어놓은 배낭을 겨냥했다. 손바닥이 땀으로 흥건했다. 새끼 여우가 몸을 드러내자마자 팍스와 닮은 그 황금빛 눈으로 피터를 돌아보기도 전에, 즉시 방아쇠를 당길 것이다.

"고통을 줄여주는 게 옳은 일이야."

몇 년 전 아빠가 했던 말이 들리는 듯했다.

피터는 발로 배낭을 툭 쳤다. 배낭은 꼼짝하지 않았다. 한순간 새끼가 달아나고 없었으면 좋겠다는, 말도 안 되는 생각을 했다. 하지만 희미한 울음소리가 들려왔다. 팍스가 어렸을 때처럼. 그리고 그 소리를 들으니 마음이 아팠다. 갑자기 총을 내려놓고 나무 뒤로 가서 헛구역질을 했다.

잠시 뒤, 피터는 웃자란 풀밭에 털썩 주저앉아서 무릎을 감싸 안고 헉헉거렸다. 눈에 눈물이 다시 고였다. 이번에는 부끄러움 때문이었다. 속이 메스꺼워서 그곳에서 무릎을 끌어안고 있었다. 그리고 지금 높이 마구 자란 풀에 남아있는 아빠의 유골이 피터에게 철이 들라고, 올바른 일을 하라고 했다. 피터는 유골을 향해 손을 내밀었다. 손가락 끝에 묻은 그 잔해를 들여다보자, 문득 떠올랐다. 이것이 증거였다. 아빠는 더 이상 살아있지 않았다. 둘 사이를 더 이상 나아지게 할 건 없었다.

하지만 더 이상 나빠지게 할 것 또한 없었다.

피터는 배낭을 쳐다보며 안에서 벌벌 떨고 있을 여우를 떠올렸다. 갑자기 피터는 깨달았다. 새끼에게 총을 쏘는 게 아빠에게는 옳은 일이었는지도 모르지만, 피터에게는 아니었다. 그것은 용감해 보이지 않았다. 사실 비겁해 보였다. 아빠라든가 다른 누군가에게 실망을 주었다 해도 글쎄, 그건 문제가 되지 않았다. 이건 피터의 삶이었다. 그리고 피터는 피터의 삶을 살아야했다.

피터는 배낭을 향해 무릎걸음으로 다가갔다. 안을 들여다보니 새끼도 피터를 빤히 쳐다보았다. 얼마나 겁을 집어먹었는지 똑똑히 보였다. 피터가 얼마나 크게 보일까. 얼마나 무시무시해 보일까. 피터는 부드럽게 속삭였다.

"이리 나와. 해치지 않을 거야. 뭘 하려는지 알려줄게."

피터가 새끼의 가슴을 두 손으로 안자 심장이 뛰는 게 느껴졌다. 피터는 새끼를 끌어당겼다. 녀석이 두꺼운 배낭 천을 움켜잡으려고 버둥거리며 발톱으로 긁는 소리가 들렸다.

피터가 다시 잡아당기자 새끼는 좀 더 맹렬히 움켜잡았다. 몸집은 작아도 고집은 셌다. 몸이 아파도 힘이 강했다. 피터는 한번에 발 하나씩 떼어냈다. 새끼는 씩씩거리며 버둥거렸다. 마침내 밖으로 새끼를 꺼냈다.

녀석의 한쪽 발이 구겨진 갈색 봉투 하나를 움켜쥐고 있었다.

저 군대 표시를 보니 차가운 기운이 몸을 타고 흘러내렸다. 두 달 동안, 그 봉투가 거기에 있다는 걸 까맣게 잊고 지냈다.

흠, 이미 구덩이를 팠겠다. 그 편지를 거기다 묻어야지. 편지는 읽지 않을 작정이다.

피터는 봉투를 끌어당기며 새끼 여우의 무덤 안에 넣을 참이었다. 그때 문득 이런 생각이 스쳤다. 아니, 어쩌면 그 봉투 안에는 자신이 내내 두려워해 왔던 것보다 더 나은 내용이 들어있을지도 몰랐다. 게다가 오늘은 용감한 일을 하는 피터의 날이었다. 지금 그것을 읽는 게 용감한 일이 아닐까?

새끼를 두 다리 사이에 넣고 뒤로 기대어 앉아 그 갈색 봉투를 흔들어 열었다. 하얀 봉투 두 장이 툭 떨어졌다. 하나는 군대의 공식 문서이고 다른 하나는 밋밋한 사각형 종이봉투였다.

군대에서 보낸 편지는 열려있었다. 물론 할아버지다.

"네 아빠는 멍청해서 죽었어."

할아버지는 경고했다. 피터는 그 공식적인 문서를 꺼냈다.

자신이 두려워한 것보다 그다지 더 나을 게 없었다. 더 나빴다.

아빠는 군대에서 벗어나 박격포에 맞아 죽었다. 그것에 대해서는 피터 그리고 할아버지도 알았다. 이 소식은 아빠가 군대에서 벗어나도 좋다는 허락을 받지 못했다는 뜻이었다. 무단이탈이라는 딱지가 붙으니 나빴다. 그래도 그게 최악은 아니었다. 사람들은 아빠가 탔던 지프차에서 군대 배급 식량을 찾아냈다. 그것은 정부 재산, 돈을 훔친 것에 해당되어서 탈주를 암시한다. 그것을 반영해 아빠의 지위는 규칙에 따라 불명예제대로 바뀐다.

피터는 그 편지를 찢어 새끼 여우의 무덤에 휙 던졌다.

나머지 봉투를 들어 올렸다. 카드가 틀림없었다. 애도의 카드가 한 묶음 할아버지에게로 배달되었다. 피터는 그것을 읽었다.

"아드님은 좋은 사람이었습니다." 그리고 "아드님과 군 복무를 함께하게 되어 영광이었습니다." 뭐, 그런 내용이었다. 카드를 보낸 사람들이 이 보고서에 무엇이 적혀있는지 알았다면, 그래도 그렇게 말했을까?

이번 봉투에는 그저 〈그의 아들에게〉라고만 적혀있었다. 하지만 할아버지가 그것도 이미 열어봤다.

흠, 피터가 오늘 용감해질 거라면 내내 이어가는 편이 낫겠다.

피터는 카드를 빼냈다. 텅 비었다. 그 대신에 안에 줄무늬 공책 종이 한 장이 들어있었다. 피터는 그 종이를 펼쳐서 읽었다.

난 너를 한 번 보았단다. 넌 이곳 기지에 목발을 짚고 네 아빠를 보러 왔었지.

네가 오고 나서 네 아빠는 나를 쫓아다니며 이야기를 했어. 있잖니, 난 쌍둥이 아버지가 될 거라는 얘기를 계속했던 것 같아. 난 무척 자랑스러워했거든.

네 이름을 기억하지 못해 유감스럽구나. 기억해야 하는데 말이다. 네 아빠가 줄곧 네 이야기를 했는데 말이다. 내내 말했지. 네가 얼마나 다부진지. 목발로 그 먼 거리를 오다니. 네 아빠는 그걸 무척 자랑스러워하셨단다. 게다가 네가 영리하고 네 엄마처럼 상냥하다고. 네가 동물들과 지내는 특별한 방법이 있는데, 거의 마법 같다고 했어. 넌 그 동물 없이는 지낼 수 없다고도 했지. 네 아빠가 그것에 대해 너한테 빚이 있다고 그러시더구나. 잃어버린 여우인지 뭔가에 대해서 말이야. 잘 기억나지 않는구나.

어쨌거나 내가 네게 이 이야기를 해주기를 네 아빠가 바란다는 걸 알아. 네 아빠는 도망친 게 아니었어. 무단이탈을 했지만 도망치지는 않았어. 이유가 있었어. 그리고 그 이유는 바로 나 때문이었단다.

이런 일이 있었단다. 일주일 넘게 내 아내한테 난 소식을 듣지 못했어. 출산 예정일은 곧 다가오고 나는 아내가 괜찮은지 알고 싶었단다. 하지만 집에 갈 수가 없었어. 누구도 떠날 수가 없었지. 난 몰래 빠져나가는 게 두려웠단다. 위험하기 때문에, 근처가 어둡기 때문은 아니었어. 하지만 아기가 둘이 태어나기에 난 전역할 수도 없었어. 월급이 안 나오니까. 미칠 지경이었어. 그래서 가기로 마음을 먹었지.

너희 아빠가 말씀하시더구나, 어느 날 아내가 사라져 버리면 어떤 느낌인지 안다고.

그래서 네 아빠가 나 대신에 떠나신 거야. 가는 데 4시간, 돌아오는 데 4시간, 길을 잃지 않을 거라고 나한테 말했어. 아내가 괜찮다는 걸 알아내고 내가 모아놓은 돈과 음식을 주고 동이 트기 전에 돌아올 거라고.

하지만 네 아빠는 돌아오지 않으셨지. 그 부분은 너도 알 것 같구나.

그러니까 아빠는 달아나신 게 아니란다. 친구를 위해 임무를 수행했어. 그리고 네 아버지 덕분에 지금 두 아기는 아빠가 있는 거야. 그리고 그 아빠는 봉급이 있어. 그건 아무것도 아닌 게 아니야.

한 번도 말한 적은 없단다. 난 이 수치스러움을 내 평생 가져갈 거란다. 그래도 내 비밀을 네가 지켜주길 바란다. 왜냐하면 이 두 아기는 여전히 아버지의 봉급이 필요하거든.

하지만 그건 너한테 달린 것 같구나.

네가 진실을 알아야 한다고 생각했어.

미안하다.

이등병 토머스 로버츠

피터는 허벅지 위에 쪽지를 펼쳐놓고 앉아 꼼짝도 하지 않았다. 쳐다보지도 않았다. 벌 떼가 수레국화를 드나들고 매 한 마리가 쌩 지나가는 소리가 들렸지만 피터는 겨우 알아차렸다. 피터의 마음은 그곳이 아닌 다른 곳, 그 공장 터 옆의 한 남자 곁에 있었다. 지프를 몰래 빠져나와 철사로 시동을 걸고 불도 끄고 엔진도 끈 채 착한 일을 하려고 위험을 잔뜩 감수하고 있는 한 남자, 인간답게 달라지려는 사람. 바로 피터의 아빠 옆에 있었다.

마지막 날, 아빠는 자신이 달라질 거라고 말했었다. 피터의 허벅지에 놓인 쪽지는 아빠가 달라졌다는 증거였다.

피터는 엄마의 묘비를 올려다보며 엄마에게 그 말을 할 수 있었으면 했다. 엄마의 마지막 말은 아빠에 관한 것이었다.

"아빠를 닮지 마라."

하지만 엄마가 이 편지를 읽을 수 있다면, 엄마가 이렇게 말하리란 걸 알았다.

"네 아빠를 닮아. 딱 네 아빠처럼."

아빠가 달라졌기 때문에, 아빠는 엄마가 바라던 사람이 되었다. 그리고 갑자기 피터는 다른 뭔가를 깨달았다. 마지막 날, 아빠가 볼라 아주머니와 함께 살아도 괜찮다고 했을 때, 자신이

들은 아빠의 친절한 말은 엄마의 영향 때문이었다.

이제 피터는 엄마의 묘비에 대고 큰 소리로 말했다.

"내가 볼라 아주머니한테 못되게 굴었어요. 매몰차게 굴었어요. 엄마를 저버린 것 같은 느낌이 들었거든요. 아주머니는 절대 엄마 자리를 차지하지 않을 거예요. 그래도 다른 뭔가가 될 거예요. 뭔가 좋은 거요. 거기에서 제가 행복하면 엄마도 좋아할 것 같아요."

피터는 그 쪽지를 다시 읽었다. 이번에는 읽을 내용을 알자 아빠한테 소리치고 싶었다.

"그러지마세요, 그 사람의 아내라고요, 아빠 부인이 아니고요. 그 사람한테 직접 가라고 해요!"

그러자 아빠를 죽음에 이르게 한 남자에 대한 분노가 점점 커졌다. 하지만 그러면서도 그저 비난할 누군가를 찾는 아이의 분노라는 것을 알았다.

피터는 편지를 세 번째로 읽었다. 이번에는 문장마다 자부심이 솟았다. 피터의 마음이 그것을 다 담을 수 없을 만큼 무척이나 크고 낯선 느낌이 들었다.

하지만 피터를 가장 세게 내리친 문장은 아빠의 바람이었다.

네가 동물들과 지내는 특별한 방법이 있는데, 거의 마법 같다고 했어. 넌 그 동물 없이는 지낼 수 없다고도 했지.

피터는 그 문장을 다시 읽으며 자신이 그 새끼 여우의 가느다란 목을 쓰다듬고 있다는 사실을 깨닫고 화들짝 놀랐다. 새끼는 피터의 허벅지에 기대어 잠이 들었다. 피터는 손을 뒤로 얼른 빼냈다.

새끼가 잠에서 깨어 궁금하다는 듯 칭얼거렸는데, 더 이상 겁먹은 소리는 아니었다. 그저 외로울 뿐이었다.

피터는 새끼를 들어 올렸다. 피터의 얼굴 앞에서 대롱대롱 매달려 있을 뿐 더 이상 버둥거리지 않았다. 마치 피터 영혼 뒤의 무언가를 찾는 것처럼 피터의 눈을 아주 깊이 들여다보았다.

하지만 영혼을 찾은 건 바로 피터였다.

피터는 새끼를 목 가까이 끌어당겼다.

"널 어떻게 해야 할지 모르겠어."

피터는 몸을 기울여 총의 안전핀을 다시 밀었다.

"그래도 이게 아니란 건 확실해."

피터는 자리에서 일어나 새끼 여우를 다시 배낭에 넣었다. 삽을 들고 땅을 파기 시작했다. 파놓은 구덩이를 더 크게 팠다. 잔디를 옆에 따로 떼어내고 한 줄로 길게 구덩이를 팠다.

그러고는 총을 묻고 부드러운 흙과 풀을 덮었다. 이것이 자신을 위한 올바른 일이었다.

43

팍스는 달렸다.

쉬지 않고 이틀을 갔다. 무척이나 간절한 마음으로 가족에게로 나아갔다. 하지만 집이 처음으로 눈에 들어오는 길에서 순간 멈추어 섰다.

윤기가 자르르 흐르는 커다란 새끼 여우 두 마리가 헛간 앞 둥근 잔디밭을 가로지르며 길고 튼튼한 다리로 펄쩍 뛰어내렸다. 브리스틀은 새끼들 위쪽 계단에 느긋하게 누워있으면서도 주위를 살폈다. 한 조각 햇빛에 브리스틀의 어깨가 구릿빛으로 빛났다.

팍스는 길옆 커다란 바위에 올라가서 앉았다. 새끼들은 바람과 반대 방향이었기에 아비의 냄새를 맡지 못했다. 팍스는 당황스러워서 잠깐 새끼들을 지켜보고 싶었다.

새끼들은 이제 잘 어울렸다. 곰 같은 녀석은 여전히 좀 더 커서 쉽사리 동생을 땅바닥에 쓰러뜨렸다. 하지만 작은 놈은 키가 많이 자란 데다 민첩했다. 큰 녀석이 미처 몸을 돌리기 전에 쉽사리 빠져나가 달아났다.

둘은 팍스가 막 떠나온 새끼와는 무척 달랐다. 행동이 퍽 유연하고 더 이상 서툴러 보이지 않았다. 피곤해 보이지도 않았다. 계속해서 새끼들은 굴렀다가 벌떡 뛰어내리고 뽐내듯 걸으며 위협하는 척 으르렁거리고 깨물었다. 계속해서 이리저리 뛰어다니면서, 와서 살펴보라고 손짓하는 딸기나무, 귀뚜라미, 자신의 꼬리 등 놀라운 것들에 푹 빠졌다.

팍스는 자부심과 사랑으로 가슴이 부풀어 올라 자리에서 일어났다.

그 순간 브리스틀이 팍스를 향해 고개를 돌렸다. 귀를 쫑긋 세우고 꼬리를 흔들었다. 계단을 뛰어내려 와 장난치고 있는 새끼들을 지나 달려왔다.

팍스도 바위에서 뛰어갔다. 반가워 짖어대며 짝과 인사를 나누었다. 즉시 새끼 두 마리가 달려들며 아비를 향해 자기들 방식으로 입을 맞추며 할퀴어 댔다.

브리스틀이 뒤로 물러났다.

팍스는 수컷 새끼들에게 다가가 녀석들이 얼마나 듬직하고 튼튼하게 자랐는지 다시 한번 놀라고 말았다. 녀석들은 아비를 쓰러뜨리고는 아비의 등을 타고 올라가 몸을 비벼댔다. 솔방울을 마치 쥔 것처럼 사이에 놓고 함께 두드리는 시늉을 했다. 그러더니 각기 돌아가면서 그간 배웠던 몇 가지 다른 기술을 보여주었다. 이윽고 다시 달려들어 애정을 마구 드러냈다.

마침내 한 몸이 되어 쓰러지더니 햇빛 속에서 팍스 옆구리에 기대어 숨을 헉헉거렸다.

그제야 브리스틀이 짝에게 다가왔다.

팍스를 감싸주며 귀와 수염, 헉헉거리는 가슴, 헤어진 가족을 보러 그 먼 거리를 달려온 발을 들여다보았다. 뺨을 팍스에게 비벼대며 서로의 체취를 느꼈다.

그러면서도 브리스틀은 딸의 흔적을 찾았다.

런트를 통해서 어린 암컷 여우가 몹시 아프다는 사실을 알았다.

"죽었어?"

"아니, 살아있어."

팍스는 전부 설명했다.

처음에 브리스틀은 그 피터라는 소년이 새끼를 데리고 있다는 소식에 화를 냈다. 하지만 새끼가 집으로 오는 동안 살아남지 못했을 거라고 팍스가 안심시키고 나자 좀 누그러졌다. 어떤 인간들은 위험하지 않다는 것을 브리스틀은 알았다. 저수지의 인간들은 온화했다. 그 사람들은 넉넉함을 나누어주었다.

"그 인간을 믿어?"

"난 내 소년을 믿어."

"그 소년이 새끼를 보살펴줄까?"

"응."

팍스는 확신했다.

그러자 브리스틀은 마음을 놓았다.

하지만 식구가 하나 줄었다.

팍스와 브리스틀은 슬픔의 울음소리를 냈다. 수컷 새끼들은 한 번도 들어본 적 없지만 목구멍 속에서 그 외침이 터져 나왔다.

잠시 후, 런트가 어디선가 나타나 함께 울었다. 여우 다섯 마리가 함께 몸을 맞댄 채 서서 울부짖었다. 그 외침은 이들이 느끼는 부재, 그리고 이 세상의 모든 상실을 노래했다. 그리고 살아남은 기쁨을 노래했다.

44

피터는 더플백을 툭 떨어뜨렸다. 그 작은 오두막집을 쳐다보았다.

마치 여기가 새들이 살기에 얼마나 좋은 곳인지 널리 알리는 것처럼 둥지 하나가 서까래에 매달려 있었다. 콘크리트 벽돌 계단 옆에 피터가 심은 산철쭉이 새로이 자랐다. 피터가 떠날 때 선명했던 초록색 문틀은 6주 만에 흐릿해졌다.

문손잡이를 잡고 안으로 들어가고 싶은 마음이 굴뚝같았지만, 피터는 머뭇거렸다. 여기는 피터의 집이 아니었다. 아직은 아니었다.

피터는 통나무 두어 개를 손으로 쓱 문질렀다. 모든 것이 곧고 발랐다. 오그라든 것은 없었다. 그런데 창턱 아래 툭 튀어나온 진흙 반죽이 보였다.

뒷주머니에서 잭나이프를 꺼냈다가 문득 멈추었다. 어쩔 수 없이 웃음이 잠깐 새어 나왔다. 새뮤얼은 피터가 준 칼을 퍽 좋아했다. 이것과 똑같은 아빠의 칼이었다. 둘 다 새것처럼 반짝반짝 빛나고 잘 들었다. 제이드도 결혼선물을 좋아했다. 엄마가 아끼던 줄무늬 무릎 양말이었다. 진짜 선물은 피터가 고마워하는 사람들에게 이런 유품을 나누어준 마음이었다. 부모님이 살아계셨다면 퍽 좋아했을 것이다.

하지만 선물을 고맙게 여기는 사람들에게 부모님의 유품을 나눠줄 때의 그 느낌이야말로 피터에게는 진정한 선물이었다. 부모님이 여전히 살아계신다고 느껴서가 아니라, 부모님이 여전히 중요하다고 느껴졌기 때문이다.

피터는 칼을 딸깍 열고 그 튀어나온 진흙 반죽을 뜯어냈다.

그러고는 그 일을 계속했다. 틈을 충분히 파내서 마침내 갈라진 부분을 고르게 했다. 그사이로 햇빛이 비치는 바닥이 보였다. 이제 집이 편안하게 숨 쉬는 것 같았다.

아니, 피터의 집이 아니었다. 아직은 아니었다.

피터는 길을 따라 내려갔다. 그렇지만 한 걸음 걸을 때마다 점점 더 확신이 들지 않았다. 피터가 그렇게 떠나버렸는데, 볼라 아주머니는 피터를 어떻게 맞아줄까? 아주머니에게 그렇게 끔찍한 말을 하고 떠났는데 말이다. 그건 거짓말이었다. 아주머니가 트럭 안에서 피터는 가족과 같다고 말했던 그 순간 이후, 피터는 그 말이 진실이라는 것을 애써 모른 체했다.

피터가 화강암 문간 계단에 도착했을 즈음, 피터는 다시 뛰쳐나갈 생각을 하고 있었다. 하지만 너무 늦었다.

볼라가 불가에서 단지에 뭔가를 젓고 있었다. 피터가 올라섰을 때 방충망 문을 향해 몸을 돌렸다. 아줌마가 앞치마를 얼굴로 가져가는 게 보였다. 피터는 알고 싶었다. 밀가루를 그저 닦아내는 것일까? 아니면 눈물이었을까? 갑자기 눈물이 터져 나올 것 같았다.

그때 볼라가 손을 들어 올리며 피터에게 들어오라고 했다.

피터는 가방을 벗어서 문틀에 기대어 놓고 문을 열고 문지방을 넘어섰다.

볼라가 피터를 향해 한 걸음 다가왔다. 마치 그 걸음이 질문처럼 느껴졌다.

"왔구나."

"네."

피터도 한 걸음 더 걸어 들어갔다. 마치 더 많은 질문처럼.

복숭아와 계피 끓는 냄새, 버터가 지글지글 끓는 냄새가 났다. 갑자기 배가 고팠다.

아주머니가 그걸 알아차린 것 같았다. 조심스럽게 물었다.

"접시 하나를 더 놓아야겠지?"

"네. 아마도요."

"미리 말해야겠다. 네 할아버지께서 오실 것 같아."

피터는 그 말이 무슨 말인지 궁금해 아주머니의 얼굴을 올려다보았다.

"일요일 오후마다 시계처럼 정확한 시간에 오시지. 나를 도와주러 온다고 말은 하시는데, 글쎄, 난 그냥 그러시라고 해. 헛간 지붕을 손보고 계셔. 언제나 저녁 즈음에 끝내시는 거 같더라."

"할아버지가 아주머니 집에서 매주 식사를 하세요?"

"그래. 하지만 음식 때문만은 아니야. 일주일치 신문에 워터워리어에 대한 글을 전부 표시해서 가져오셔. 내가 요리하는 동안 큰 소리로 읽으시지. 그러고 나면 네가 어떻게 지낼지 궁금해하시지. 여기 깜짝 손님을 보시면 퍽 놀라시겠구나."

"저기, 사실 깜짝 손님이 둘이에요. 누굴 데리고 왔거든요."

아주머니는 피터의 어깨너머 방충망 문을 내다보았다.

"아니요. 그런 거 아니고요."

피터는 문을 열고 배낭을 들어 올리고는 안으로 가지고 들어왔다. 호기심 가득한 그 작은 얼굴이 밖으로 나오자 볼라는 숨을 몰아쉬었다.

피터는 꿈틀거리는 구릿빛 털 뭉치를 풀어놓았다. 새끼는 말썽을 일으키지 않겠다고 피터를 안심시키듯 피터의 얼굴을 핥아대고는 내려오며 발을 찼다.

피터는 새끼를 바닥에 앉혔다. 새끼는 즉시 볼라의 발과 의족을 살피기 시작했다. 마치 둘 다 만족스럽다는 듯이 귀를 실룩실룩 움직이더니 의기양양하게 돌아다니며 부엌을 탐색했다.

피터는 웃었다.

"저 애는 뭐가 어떻게 돌아가는지 다 알아야 해요."

두 사람은 새끼 여우가 부엌을 젠체하며 돌아다니는 모습을 지켜보았다. 새끼 여우는 싱크대 옆에서 걸음을 멈추었다. 뒷다리에 기대어 몸을 들어 올리더니 미친 듯이 냄새를 맡았다.

피터는 다시 웃음을 터뜨렸다.

"조리대 위에 계란이요. 알을 엄청 좋아해요. 팍스하고 똑같아요."

그런데 더 이상 아프지 않았다. 일 년이 넘어 처음으로 팍스를 입에 담는 게 전혀 아프지 않았다.

"잘 지켜보셔야 할 거예요. 1킬로미터 떨어진 곳에서도 냄새를 맡을 수 있어요. 뒤돌아볼 때마다 워터 워리어 부대원한테서 계란을 받아먹었어요."

"배고파 보이는데 뭣 좀 주는 게 좋겠어."

피터는 접시를 꺼내어 계란 하나를 그 안에 깨주었다.

문득 박새를 대했던 제이드의 친절한 행동이 떠올랐다. 피터는 접시를 볼라에게 건네고는 말했다.

"아주머니가 먹이세요. 우리가 여기에서 살 거라면, 저 녀석이 아주머니를 알아야 하잖아요."

볼라는 접시를 받았지만 멈칫했다.

"그러니까, 너…… 여기에서 살 거야?"

피터는 마침내 꾹 삼켰던 말을 했다.

"아주머니는 우리 엄마는 아니에요. 하지만 아주머니도 우리 가족 같아요. 아주머니랑 같이 여기 있으면 기분이 좋아요. 편안하고요. 난 그게 필요해요. 우리 부모님도 그걸 좋아하실 거예요. 그러니까 그 제안이 여전히 유효하다면요……."

"제안? 무슨 제안?"

피터는 더듬거렸다.

"영원히 여기에 있는 거요. 여기가 제 집이 되는 거라고 그러셨잖아요. 그렇게 말씀하신 것 같아요."

"아, 아니, 아니, 아니야. 그건 제안이 아니야. 내가 뭘 하려는지 너한테 말하고 있었지. 서류 작업은 끝났어. 그게 내가 한 거야. 이 땅은 이미 네 거야."

피터는 숨을 다시 편안히 쉬었다. 그리고 흘러내리는 눈물을 닦아냈다.

"감사합니다."

"너는 여기 있는 거야."

아주머니는 마치 기적이 일어난 듯 아주 부드럽게 말했다. 이윽고 얼굴에서 눈물을 훔쳐냈다. 둘 다 그 모습에 웃음 지었다.

그 순간 새끼 여우가 자그맣게 칭얼거렸다. 오랫동안 자기를 모른 체했다는 걸 알리는 듯했다. 볼라는 접시를 내려놓았다. 손을 내밀어 여우의 등을 쓰다듬었다. 그러고는 피터를 올려다보았다.

피터가 말했다.

"계속하세요. 녀석은 사람들하고 잘 지내요. 팍스는 나하고 우리 아빠만 알았어요. 다른 사람들 옆에서는 깜짝깜짝 놀랐어요. 하지만 이 녀석은 거의 백 명이나 되는 부대원들하고 친구예요."

새끼가 접시를 싹 비우고 나서는 고맙다며 예의 바르게도 볼라의 발목을 핥아댔다.

볼라가 물었다.

"다리를 저니?"

"조금요. 전에는 더 나빴어요. 이제 거의 알아차리지 못하겠죠, 그렇죠?"

"다쳤니?"

피터는 빗자루를 공격하려던 이 어린 탐색꾼을 들어 올렸다.

"중금속에 중독되었어요. 우리가 정화하기 전에 강물을 마셔서 그런 것 같아요. 부대원 제이드 누나가 신경계를 세척하게 도와줬어요. 거의 다요. 아주 빨리 달리지는 못할 거예요. 소리를 제대로 듣지 못하는 것 같아요. 그러니까 야생에서 살아남지 못할 거예요. 커다란 동물들한테 잡아먹힐 거예요."

피터는 이 작은 여우를 목에 가져다 대고는 한 달 전 자신이 녀석을 죽일 뻔한 커다란 동물이었다는 것을 생각했다. 이윽고 여우를 놓아주었다.

"하지만 저랑은 괜찮을 거예요. 그리고 아주머니랑도 괜찮을 거예요. 우리 할아버지도요. 그리고 물론 벤도요. 아스트리드는 녀석한테 푹 빠질 거예요. 그리고……."

볼라는 그 시선, 어려운 질문을 할 테니 솔직히 말해야 된다는 시선으로 피터의 말을 막았다.

"무슨 일이 있었지? 아무도 필요 없다는 피터 씨?"

피터는 새끼를 가리켰다. 새끼는 볼라의 소파 옆 털실 바구니에서 몸을 웅크렸다.

"녀석이 나타났어요."

볼라는 바구니 옆에 몸을 쭈그렸다. 손가락 하나를 새끼 여우의 주둥이에 내밀고는 머리를 쓰다듬었다.

"나타나줘서 고맙구나, 귀여운……?"

볼라는 피터를 올려다보았다.

"이름 지어주었니?"

피터는 고개를 저었다.

"자기가 자기 이름을 지었어요. 아줌마, 슬리버예요."

"슬리버라고? 그러니까 슬리버가 살그머니 스며들어 왔구나?"

피터는 고개를 끄덕였다.

"네, 살그머니 곧장 스며들었어요. 들어오는 것도 못 봤어요."

팍스 2, 집으로 가는 길

1판 1쇄 발행 2022년 1월 21일
1판 4쇄 발행 2023년 6월 10일

지은이 사라 페니패커, 존 클라센
옮긴이 김선희
펴낸이 김영곤
펴낸곳 (주)북이십일 아르테

책임편집 원보람 **디자인** 강민영
아르테본부 문학팀 김지연 임정우
해외기획실 최연순 이윤경
출판마케팅영업본부장 민안기
출판영업팀 최명열 김다운
마케팅2팀 나은경 정유진 박보미 백다희
제작팀 이영민 권경민

출판등록 2000년 5월 6일 제406-2003-061호
주소 (우 10881) 경기도 파주시 회동길 201(문발동)
대표전화 031-955-2100 **팩스** 031-955-2177 **이메일** book21@book21.co.kr

ISBN 978-89-509-9837-0 03840
책값은 뒤표지에 있습니다.

• 제조자명 : (주)북이십일
• 주소 및 전화번호 : 경기도 파주시 회동길 201(문발동) / 031-955-2100
• 제조연월 : 2023. 6. 10
• 제조국명 : 대한민국
• 사용연령 : 초등학교 고학년